JN119291

関西学院大学研究叢書　第214編

〈読み〉のディヴェルティメント

ハントケ、ニーチェ、カント、フォークナー、トーマス・グレイ

阿部　卓也

関西学院大学出版会

目次

フォークナー「納屋を焼く」について

——サーティの葛藤再々考、
あるいは「主体」になるサーティ

「くちすぎの仕事」*potboilers*、と自嘲的な名で呼びながら、フォークナーは1930年から1950年のあいだに75編ほどの短編小説を書く。幅広い読者の方を向きながらも、しかしそれはフォークナーにとって決してどうでもよい仕事ではなかったことは見るだに明らかだし——MGMのハワード・ホークスのもとでの仕事とはまったく違ったものであったことは間違いあるまい[1]——、作家自身、のちの書簡でこう言っている。

> A short story is a crystallised instant, arbitrarily selected, in which character conflicts with character or environment or itself. We both agreed long since that, next to poetry, it is the hardest art form.[2]

短編というのは、「詩について最も難しい形式である」。そして、一人の人物が他の人物、環境、自分自身と葛藤に陥るというこの定義にとりわけふさわしい「納屋を焼く」Barn Burningが、またフォークナーの短編中でも傑作の部類に入ることは疑いを容れないだろう[3]。

「納屋を焼く」は、『野生の棕櫚』の成功の後、1938年末に、言われるところでは10日間ほどで書かれ、1939年6月の"Harper's Magazine"誌に初掲載されてその年最良の短編としてO. ヘンリー記念賞を受賞、のちに『短編集』に巻頭作品として収録された。このころ、フォークナーは、南部が文学的ルネサンスを迎えているとするTime誌のRobert Cantwellのインタビューに珍しく応じ、39年の年明けにはスタインベックらとともにNational Institute of Arts and Lettersの会員に選ばれて、言わば上昇機運にあった。"The Atlantic Monthly"では、Conrad Aikenが初めてフォークナーの文体論を試みる。またこのころ、Meta Carpenterとも再

1 ハリウッドでのフォークナーの立ち位置については、畑中1997を参照。

2 To Joan Williams, 8. Jan. 1953 (Blotner 1977: 345).

3 William Faulkner, 'Barn Burning' in *Collected Stories of William Faulkner,* New York, Random House, 1950, 3-25. 以下、この作品の引用については、本文中に括弧を付してページ数のみを記す。

会している[4]。

一人の人物が、他の人物、環境、自分自身と葛藤に陥る、という作家自身による短編小説の規定にふさわしい作品として「納屋を焼く」を眺めるということは、必然的に、少年サーティをその中心として読むことに導く。フォークナーが上の書簡に言う conflict（葛藤）がいかなるニュアンスを帯びているかも検討の余地があるが、挙げられている三つの葛藤（他の人物との、環境との、自分自身との）を一身に兼ね備えているのは、ド・スペインはもとよりアブナー・スノープスでもなく、サーティ・スノープスを措いてない。子供の視点を好んで利用したフォークナーの叙述の視点はここでも明白にサーティ寄りに設定されており、語りはときにサーティを代弁し、ときに第三者的な位置を占める。ここでは、子供の視点は、一族の歴史を子供の口から語らせることによって神話化する機能[5]は帯びておらず、このサーティ自身とその葛藤がこの短編の中心であると見てよいだろう。

およそ10歳と見られるサーティは父親との強い紐帯を感じ、父親を誇りに思い、賛嘆しているが、父親が自分たちに強いているのとは違った生活への憧れも抱いている。父親の絶対的な意志（“that ravening and jealous rage” 11）と、子供の目にはド・スペインの屋敷が体現しているかに見える “peace and dignity”（10）に満たされた生活への憧憬が対立する。少年は逆向きの二つの力に引き裂かれるように感じて苦しんでおり（“being pulled two ways like between two teams of horses” 17）、この緊張が解消することを願っている。結局、父親が放火しようとしていることをド・スペインに知らせることで、父親には背を向けることになる。しかし彼はあくまでも父親を愛し崇敬しており、この行動のあとにも “grief and despair”（24）を感じる。自分の介入によって父親は死んだものと思った少年は、

4　このあたりの伝記的事実に関しては、Oates を参照。

5　秋田義満は、『町』のチャールズ・マリソンの視点について、「人々が伝説のように語り合っていることを集約的に子供に語らせることによって、その当時の人々の意識を提示し、それを神話化することによって物語に普遍性を持たせようとする意図」を指摘している（秋田 1997: 77）。

家族のもとには戻らずそのまま遁走する。このあとのサーティがどうなるのかは語られていない。

しかしサーティの葛藤を中心に据える読みは、後述するように、サーティの心理にかかわる奇妙な空白が存在することと、アブナーの造形の衝撃性にもよったのだろう、初めから一般的なものであったわけではなかった。「納屋を焼く」の受容史上、当初はむしろアブナーに、あるいはアブナーとド・スペインの対立に軸を置く読みのほうが優勢だったように見える。アブナーに着目したそのような読みとしては、「フォークナーの悪魔」なるタイトルで、欧米文学の伝統の中の悪魔的なもののイコノグラフィーとアブナーの表象の結びつきを論じた William Bysshe Stein (1961) のほか、Charles Mitchell (1965) などがある。

他方、サーティの葛藤に着目した読みもこれまでには数多く提示されている。しかし Virginia C. Fowler (1982) は、サーティに着目する読みが、概してアブナーとド・スペインの対立と、サーティ内部の葛藤を混同する傾向があると指摘している。たとえば Elmo Howell (1959) にとって、「納屋を焼く」の中心的なテーゼは「正しい種類の貴族の効果」であって、サーティは「サートリスやド・スペインの一族に［……］代表される［……］世界に対する賛嘆によって、自分のミリューから抜け出すことができたのだ」ということになる (Howell: 18, 13)。この物語でのサーティの重要性に最初に目を向けた Phyllis Franklin (1968) は、「非道徳的なスノープス家と道徳的なサートリスのひとびとの」外的な葛藤が「サーティにとっては内的な葛藤になる」と言う (Franklin: 193)。Gayle Edward Wilson (1971) もこの延長上にあり、Fowler（ある意味本稿の出発点である）は特にこの Wilson を取り上げて批判している。実際、いま Wilison 論文を読む者は、一種ノスタルジックな感慨にとらわれるのではないか。ルース・ベネディクトから借りたアポロ的／偏執的という概念の道具立ても古風だし、法秩序に則った平和なコミュニティのビジョンも、ド・スペインの屋敷の与える "peace and dignity" の印象に魅惑を覚える少年サーティの限られた認識と同等かそれ以上にあまりにナイーヴだ。ド・スペインのような地主を単純にアポロ的な秩序ないし正義の側に立つものと見なすHowellやWilsonの論調は、言ってみれば南部神話にどっぷりと浸かって19世紀的な趣を呈し、あまりに素朴に存在被拘束性（マンハイム）を露呈していると言うべきだろう[6]。もちろんこれはWilsonの問題であって、フォークナーのテクストは、とうていWilsonの読みに回収されてしまうようなものではない。フォークナーがアブナーに言わせている台詞に見られる南部の社会経済構造に対する批判、“tenant farming”や“share cropping”のシステム（大土地所有者と小作人の関係上に成り立つこうした農業経営形態は、南北戦争後の南部で、かつての奴隷制に立脚したプランタージュ経営に代わって登場した）に対する批判は、いかがわしい人物として描かれたアブナー独特の怒りの色彩に染められているとは言え、そこに見られる正当性を否定することはできない。

「納屋を焼く」に語られる出来事は、19世紀末に位置づけられるが、当時も、またこの作品が書かれた時代までも、貧しい小作人と裕福な土地領主の社会的差異には甚だしいものがあった。サーティが多幸感に襲われ（“a surge of peace and joy” 10）、威厳（“dignity”）を見出すところに、父親は、他人の労働、搾取の上に築かれた富を見る。

> “That's sweat. Nigger sweat. Maybe it ain't white enough yet to suit him. Maybe he wants to mix some white sweat with it.” (12)

そしてアブナーは自分が主人に身体的にも精神的にも支配されているのだと感じている。

> “I'll have a word with the man that aims to begin to-morrow owning me body and soul for the next eight months.” (9)

そうして、ド・スペイン（やサートリス）のような領主が小作人に対して

---

6 「南部神話」については、新納、また後藤を参照。

ほとんど無限の権力を振るうシステムが不正不当であることを、息子に教えようとする。そもそも、のちには好んで南部紳士風の身支度をまとうことになるものの、『アブサロム、アブサロム！』で「南部はその経済機構を確固たる道徳の上ではなくて日和見主義と道徳的略奪行為の流砂の上にうち建てた」（Faulkner 1986: 209）などという台詞を書きつけるフォークナーが、ド・スペインを理想化することは最初からあり得ない。実際、「納屋を焼く」においてド・スペインがいかにグロテスクな人物として描かれているかを見さえすればよい。ド・スペインは独断的にアブナーに「罰」を科すが、小作人のアブナーのほうが自分を法廷に引き出すことは予期していないし、アブナーとの対決では怒りに自失してむしろ弱い印象を与え、そもそもアブナーのところにやってきたのも、夫人の命令に従ってのことのように見える。そしてそのド・スペイン夫人については、絨毯が汚されたことにヒステリックな悲鳴を上げたことしか読者には知らされていない。物語はサーティの視点から語られており、少年の視線はこの場面の喜劇性を把握していないが、しかし中立的な視点で眺めれば、総じてこの対決はむしろ喜劇的な様相を強く帯びている（Nicolaisen 1997: 55）。このような点に目を向けただけでも、Wilson がド・スペインに割り振っているアポロ的なる賓辞がプロクルステス的なもの、間尺に合わないものであることがわかる。

Wilson のような解釈が可能だったのは、侵犯をこととし、偏執というよりはむしろ倒錯と呼び得ようアブナーと、ド・スペイン的な支配者の秩序が共生関係にあること、少なくとも同根であることによっている。ありふれた認識だが、侵犯は、侵犯されるべき法秩序なしには存立し得ないし、法秩序は侵犯の可能性、侵犯者への処罰の可能性抜きには存立し得ない。Wilson は、アブナーとともにこの地平の内部を動いているわけだ。そもそもアブナーのほうがド・スペインを法廷に引き出しているのであってその逆ではないことをまず想起すべきだろう。

Wilson を批判した Fowler は、『村』でラトリフが語るエピソードに基づいて、そもそもアブナー自身が、貴族的なものに憧れ、それに幻滅するところから出発しているのだと言う。だからアブナーとサーティの懸隔は決して大きくはなく、したがってサーティの末路もアブナーからさほど隔たったものではないはずだと予想する。しかしこれは疑わしい。Fowlerのように言いうるためには、「納屋を焼く」の中にいささか唐突に書き込まれている「20年後」のサーティの独白を無視しなければならない。

> Later, twenty years later, he was to tell himself, "If I had said they wanted only truth, justice, he would have hit me again." (8)

このわずかな台詞に見られる反省的な立場は、アブナーの立場とは明らかに違っている。サーティとアブナーを同一視するFowlerのコメントは、そもそもFowler自身が、サーティの理想が実体としての南部の貴族的なものと同一視できないと指摘していることと背馳する。ド・スペインの屋敷のたたずまいに投影されるサーティの「平和と威厳」の理想は、ド・スペインそのひとや「南部貴族」の実体とは一致せず、何か極めて抽象的なものだと言うべきなのではないだろうか。ド・スペインが一種喜劇的に描かれているだけに、サーティの理想は、南部貴族の誤認において際立っている。Fowlerに譲って仮にサーティの出発点がアブナーと同じであったとするなら、サーティはヒステリー化された倒錯者（アブナー）なのだと言うべきだろう。ジジェクが言うように、倒錯は、その転覆的な見かけとは裏腹に、決して体制そのものを揺るがすことはない。これに対して、（フロイト＝ラカン的な意味での）ヒステリーの方が、（これも見かけとは裏腹に）制度にとっては実は危険である（Žižek, 1999: 9-14）。だからこそ、注目されるのは、（倒錯的なアブナーではなく）ヒステリー的なサーティの方なのだ。少年としてのサーティの根本にあるのが、「他者は自分に何を望んでいるのか」という典型的にヒステリー的な問いであることに注意しよう。だからサーティにとっての問題は、父親もド・スペインも〈他者〉の役割を担い得ない点にあると言うこともできるだろう。

（父親を告発する）サーティの行為を、エディプス的な父親殺しやイニシエーションと見る通俗精神分析的＝自我心理学的な見方もありふれている。たとえばJames K. Bowen & James A. Hamby（1971）は、サーティの葛藤を「人間の、若い、形式的な服従義務と、成熟した、経験的なコミットメントのあいだの」葛藤と見なし、その苦闘は「通過儀礼（イニシエーション）」だと言う（Bowen and Hamby: 101）。しかしエリクソン流のアイデンティティ論／ライフサイクル論に乗って「納屋を焼く」にサーティのイニシエーションを見出す読みは、イニシエーションが、制度の内部で制度を維持することをその機能とするものであり、もともとそのような制度が十全に機能していたかに見える社会へのノスタルジックな倍音を伴う概念である以上、このヒステリー症者の破壊性を見ないことになるだろう。イニシエーション論は（少なくとも見かけ上）安定した〈他者〉、いわゆる大文字の他者を必要とする。それはサーティにはまさに欠けているものだ。

サーティが引き裂かれているのは正確には何と何のあいだなのか。これはFowlerの問いでもあったわけだが、アブナーの行動規範もド・スペインのそれも、サーティは自分のものとはしていない。サーティの抱える葛藤は、アブナーの行動規範とド・スペインの行動規範のあいだの対立ではない。先に述べたように、「平和と威厳」と名づけられるサーティの理想は、ド・スペインの屋敷に投影されたりはするものの、明らかに抽象的なものである。それは農場主の「自由」（この語の極めて合衆国的な意味で）とも、市民社会の法秩序とも決して一致しない。サーティの理想を、ド・スペインや南部貴族制そのものと混同するならば、サーティの葛藤の性質も捉え損なうことになる。

Susan S. Yunis（1991）は、「納屋を焼く」の語り手が、いくつかの点で、アブナーの放火を説明し正当化する方向の記述にはことばを割いていても、それによってスノープス一家が被っているはずの苦痛についてはほとんど沈黙を守っていることに注意を向けている。Yunisが着目しているのは、たとえばよく知られた焚き火の場面である。この場面は、少なくとも部分的にはサーティの視点を示しておりながら、サーティの感情については奇妙に語らない。領主の怒りや報復を恐れて、住んでいた家を出て、寒い夜空に小さな焚き火に身を寄せあうことを余儀なくされている家族。この場面、サーティがそうした状況が繰り返されることに対する苦痛、怒り、絶望、そして状況を変えることができないことに対する無力感を感じていても不思議はないが、そのような苦痛を語り手が語ることは決してない。「納屋を焼く」は明らかにサーティの物語であるにもかかわらず、このような部分でサーティよりも父親の暴力の動機のほうに焦点が当てられていることは奇妙に見えると Yunis は言う（Yunis: 23-24）。あるいはサーティが襟首をとらえられて運ばれていく次のような一節。

> Then the boy was moving, his bunched shirt and the hard, bony hand between his shoulder-blades, his toes just touching the floor, across the room and into the other one, past the sisters sitting with spread heavy thighs in the two chairs over the cold hearth, and to where his mother and aunt sat side by side on the bed[...] "Hold him," the father said. (22)

いまなら家庭内暴力と呼ばれもしようこの場面について、Yunis は、語り手がサーティの苦痛については沈黙していることは、暴力（abuse）の犠牲者がしばしば用いる戦略 —— 苦痛も、怒りも、抵抗への衝迫も感じることを拒否し、さらなる暴力を誘発しかねないいかなる反応も顕さないようにすること —— に対応していると言う（Yunis: 25）。

このように指摘する Yunis は、つまるところ、アブナーを、フォークナーの書簡を根拠として、「納屋を焼く」執筆前後の出版社とのかかわりにおけるフォークナー自身に重ね合わせていく（Yunis: 30）[7]。しかし語り手が、サーティをはじめとするスノープス一家の苦痛について沈黙しているという指摘は、サーティの葛藤を再考するための手がかりにもなるだろう。スノープス一家の苦痛はほとんど直接には語られない。だからこそ多

7　アブナーがド・スペインの要求によって絨毯から馬糞を落とし、さらに絨毯を痛めたように、フォークナーは出版社の要求に応じて『野生の棕櫚』から ‘shit’などの語を削った。

くの論者がその可能性を見落としているのだが、サーティの葛藤は、父親に従うか、父親から自分たちが被る苦痛を終わらせるかというものでもありうる。サーティの理想が託される“peace and dignity”とは、仮に純粋に抽象的なものではないとすれば、むしろこのことにこそ結びつくのではないだろうか。

しかしそれでも疑問は残る。第一に、Yunisが同時に指摘しているように、サーティがアブナーから被っている苦痛について語り手が沈黙していることは、サーティ自身が自らの苦痛自体について意識していなかった可能性をも示す。第二に、サーティの葛藤が父親との「血の絆」と“peace and dignity”のあいだのものだと見なすことができるとしても、サーティの行動とこの葛藤との関係はどのようなものであるのかということ自体はまだ明らかではない。サーティの行為は、この葛藤から生まれたものであるにしても、対立する二項のいずれかを単純に選択するという性質のものではないし、この行為によって葛藤が「解決」するわけでもない。最後の放火の前、父親は、サーティを「つかまえておけ」(“Hold him” 22)と言って姿を消し、放火を告げられたド・スペインはサーティを「つかまえろ!」(“Catch him!” 23)と叫ぶが、少年がいずれの拘束からも抜け出してしまうことは暗示的だ。彼は、二項のいずれでもなく、第三の、形の定まらぬ方向に向かって駆け出しているように見える。“He did not look back.”(25)ここでサーティがなんらかの法、掟に従っているとしても、その掟を意識しないままに従っていると言うべきではないか。サーティの行為は、「他者は自分に何を望んでいるのか」というヒステリー的な問いに対するアクティングアウトにも見える。サーティの行動は、むしろpathologisch(カント)[8]なものを欠いた極めて破壊的な無償の倫理的行為(これもカント的な意味で)と見るべきではないのか。「納屋を焼く」は、少年が感じている「血

8 通常「病理的」などと訳されようpathologischは、カントにあっては行為が倫理的であるか否かの決定的な基準になっている。なんらかの動機や目的をもったあらゆる通常の行為はpathologischである。このため、『実践理性批判』波多野精一、宮本和吉、篠田英雄訳、岩波文庫、1979年では、この語は単に「パトローギッシュ」と音訳されている。

の絆」について繰り返し語っている。“the old fierce pull of blood”（3），“the old blood which he had not been permitted to choose for himsel”（21）。執拗に「血の絆」について語ることによって、それにまったく逆らうものであるサーティの父親に対する裏切り行為が、唐突に、言わば無意識的に行われたことが強調される。つまりこの行為には、意図がない。より正確に言えば、意図された目的がない。だとすればつまり、pathologisch ではない、真正な「倫理的」行為としての資格をもっている可能性がある。そうした行為について、ジジェクは言う。

> あるいは、倫理の領域に関して言えば、いかなる意識的な倫理的な掟も最小限“pathologisch”なもの、なんらか特殊な利害関心によって染められているのではないのか。したがって、純粋に倫理的な命法の唯一ほんとうのあり方は無意識なものではないのか。われわれが真に倫理的に行動するのは、掟に従いながら、その掟が掟としては忘れていなければならない、そんな場合に限られるのではないか。そしてそのような忘れられた掟のみが真に絶対的でありうるのではないか。（Žižek, 2001: 8）

ジジェクはまた別のところで、次のように言っている。

> ［……］選択を迫られた主体が「狂った」不可能な選択をして、ある意味で自分自身を撃つこと、自分のもっとも大事なものを撃つこと［……］。この行為は、不毛な攻撃性が自分に向かうといったものではなく、むしろ主体が置かれた状況の座標を変化させる。敵が手中に収めているかけがえのないものから自分を切り離すことによって、主体は解放され、自由に行動する空間を手に入れる。こうして「自分を撃つ」ラディカルな身ぶりこそが、主体そのものを構成しているのではないか。（Žižek 2000: 122）[9]

9　この訳文は、バトラー、ラクラウ、ジジェク『偶発性・ヘゲモニー・普遍性――新しい対抗政治への対話』竹村和子、村山敏勝訳、青土社、2002 年によった。ここでは 163 頁。

「血の絆」と呼ばれた父親との紐帯を引きちぎるサーティの行為は、この「自分自身を撃つ」選択だったとは言えないか。そしてこの決断は決定不可能な場での文字通りの決断であると言えないだろうか。エルネスト・ラクラウの言う「底知れぬ決定不可能性」の上に行われた、事態の構造や合理性といったいかなる根拠ももち得ない決断、そこでこそ主体が析出することになる決断（ラクラウ: 104-116)。ラクラウにとって、主体とは「構造の決定不可能性と決断との隔たり」に他ならない（ラクラウ: 104)。

> 主体が現れる状況はすべて、構造的決定の生み出す［……］効果であって、――構造の外部に構成された実体的意識というようなものは存在しない。だが構造が本質的に決定不可能だからこそ、決定が求められるのであって［……]、構造があらかじめ決定することはない、――このことこそ主体の置かれている状況とは異なるものとして主体が出現する契機なのである。（ラクラウ: 110-111)

つまりサーティの「決断」は、まさに南部の社会経済システム、権力関係（土地領主とプアホワイトの、父と子の)、スノープス一家のミリューといった「構造」の裂け目に登場するのだ。リチャード・ローティ（ローティ: 133) が信じているのとは違って、ここでは決断は「熟慮の結果」ではない。それはサーティが子供であって理性的な判断ができないからではなくて、構造が解を与えないからだ。そしてここでこそ「主体」が出現する（サーティは「主体」となった）のであり、この主体は「主体の置かれている状況とは異なるもの」である。

まさにこうしたことこそ、フォークナーが「納屋を焼く」を『村』の序章に据えることを取りやめ、独立した短編として発表したことを説明する。『アブサロム、アブサロム！』のクエンティンが、ハーヴァードへ行こうと本質的にはヨクナパトーファを出ることがない（それどころか『アブサロム、アブサロム！』が書かれた時点で「すでに死んでいる」）のに対して、サーティの行為は、アブナーとド・スペインの相補的な対立関係の上に成り立つ世界を、ヨクナパトーファを、抜け出てしまう。あるインタビューで、複数の作品に登場する人物について、その間に「成長」するのではなく、別のパースペクティブから眺められているだけであって、同じ人格であり続けているのかという質問に対して、フォークナーは肯定をもって答えている（Gwynn und Blotner: 39）。まさにだから逆に、サーティはスノープス三部作に再登場することはなかったのだ。

> 主体の（行為者の）アイデンティティについて。真正な行為は、わたしの内的な性質を表出／現実化するのではない――むしろわたしは自分を、アイデンティティの核を定義し直すのである。（Žižek, 2000: 123-124）

二発の銃声に、自分の行為が父の死を招いたと信じて遁走するサーティのアイデンティティは、そこで間違いなく変容しているが、この物語では明確な輪郭を描くには至らない。もちろん物語というのはつねに事後的なものであって、そこでは一見この決断も納まるところに納まっているかの感がある。しかしこの決断＝行為が、あらゆる意味で開かれたものであること、開かれたままになっていることは見落としてはならないだろう。

参考文献

Faulkner, William. *Absalom, Absalom! The Corrected Text*. New York: Random House, 1986.

———. "Barn Burning." *Collected Stories of William Faulkner*. New York: Random House, 1950, 3-25.

Blotner, Joseph (ed.) *Selected Letters of William Faulkner*. New York: Random House, 1977.

Bowen, James K., and James A. Hamby. "Colonel Sartoris Snopes and Gabriel Marcel: Allegiance and Commitment." *Notes on Mississippi Writers* 3 (1971): 100-109.

Fowler, Virginia C. "Faulkner's 'Barn Burning': Sarty's Conflict Reconsidered." *College Language Association Journal* 24 (1982): 513-522.

Franklin, Phyllis. "Sarty Snopes and 'Barn Burning'." *Mississippi Quarterly* 21 (1968): 189-193.

Gwynn, Frederick L., and Joseph L. Blotner. *Gespräche mit Faulkner*. Bremen und Hamburg: Achilla Presse, 1996.

Howell, Elmo. "Colonel Sartoris Snopes and Faulkner's Aristocrats: A Note on 'Barn Burning.'" *Carolina Quarterly* 11 (1959): 13-19.

Mitchell, Charles. "The Wounded Will of Faulkner's Barn Burner." *Modern Fiction Studies* 11 (1965): 185-189.

Nicolaisen, Peter. *William Faulkner: Mit Selbstzeugnissen und Bilddokumenten*. Reinbek bei Hamburg: Rowohlt, 1981.

———. Nachwort. *Fremdsprachentexte. William Faulkner 'Barn Burning'*. Stuttgart: Reclam, 1997, 47-62.

Oates, Stephen B. *William Faulkner. Sein Leben, sein Werk*. Trans. Matthias Müller. Zürich: Diogenes, 1997.

Stein, William B. "Faulkner's Devil." *Modern Language Notes* 76 (1961): 731-732.

Wilson, Gayle E. " 'Being Pulled Two Ways': The Nature of Sarty's Choice in 'Barn Burning.'" *The Mississippi Quarterly* 24 (1971): 279-288.

Yunis, Susan S. "The Narrator of Faulkner's 'Barn Burning.' " *The Faulkner Journal* 6 (1991): 23-31.

Žižek, Slavoj. *Sehr innig und nicht zu rasch. Zwei Essays über sexuelle Differenz als philosophische Kategorie*. Wien: Turia und Kant, 1999.

———. "Class Struggle or Postmodernism? Yes, please!" Butler, Laclau and Žižek. *Contingency, Hegemony, Universality*. London: Verso, 2000, 90-135.

———. Vorwort. Zupančič, Alenka. *Das Reale einer Illusion: Kant und Lacan*. Frankfurt a. M.: Suhrkamp, 2001, 7-12.

秋田明満「The Town にみる社会機構と人間との関係」『商学論究』第 44 巻第 4 号、関西学院大学商学研究会、1997 年、75-87 頁。

後藤和彦「南部、畏怖すべき空間」『ユリイカ　特集フォークナー』青土社、1997 年 12 月、120-127 頁。

ジジェク「階級闘争か、ポストモダニズムか？　ええ、いただきます！」バトラー、ラクラウ、ジジェク『偶発性・ヘゲモニー・普遍性――新しい対抗政治への対話』竹村和子、村山敏勝訳、青土社、2002 年、120-181 頁。

新納卓也「南部神話とフォークナー」『ユリイカ　特集フォークナー』青土社、1997 年 12 月、164-171 頁。

畑中佳樹「ハリウッドのフォークナー」『ユリイカ　特集フォークナー』青土社、1997 年 12 月、158-163 頁。

ラクラウ「脱構築・プラグマティズム・ヘゲモニー」『脱構築とプラグマティズム――来たるべき民主主義』シャンタル・ムフ編、青木隆嘉訳、法政大学出版会、2002 年、91-130 頁。

ローティ「エルネスト・ラクラウへの応答」『脱構築とプラグマティズム――来たるべき民主主義』シャンタル・ムフ編、青木隆嘉訳、法政大学出版会、2002年、131-145頁。

Obscure Memorial

――トーマス・グレイ「墓畔の哀歌」をめぐって

多形倒錯的とでも呼びたい18世紀中葉のイギリス文学の中で、トーマス・グレイはとりわけ興味深い位置に立っているように思える[1]。ここではグレイの「墓畔の哀歌」(以下「哀歌」と略記)をめぐって、そこから広がるとおぼしい方向の多様性ないし不確定性を読むことを試みる[2]。

グレイはしばしばプレ・ロマン派として位置づけられてきており、またそれを疑問とする議論もすでに数多い。ロンズデイル(Lonsdale)は「哀歌」の曖昧さのよってきたるゆえんを「まだ」ロマン派ではないグレイの立ち位置に求めている。

> なぜグレイは「哀歌」でかくも回りくどくあらねばならなかったのか。簡単な説明としては、真に内省的な詩に、注目すべき先行者がほとんどないしまったく存在せず、かつグレイ自身が保守的な詩人であって、詩の使命は共有された人間の経験に関する基本的な真理を発語することにあり、私的な精神的動揺を記述することではないとする時代の命令に従っていたということが言えよう。[……] 徹底した自己の探求は、ロマン派にとっては多かれ少なかれ必須に見えたが、その時代はまだ来ていなかったのである。だがたとえそうであっても、文学において個人的な経験に対する関心が増大していく兆候は現れており、グレイ自身がおそらく決定的な移行の瞬間に位置していたのである[3]。

あるいはまた、エイブラムズ(Abrams)は、「哀歌」ではなく「イートン校遠望」についてだが、こう言っている。

---

1 多形倒錯という言葉それ自体が「正常な発達」というリニアな物語を呼び寄せてしまうことには注意しなければならないが。

2 Thomas Gray "An Elegy Written in a Country Churchyard". 以下、グレイのテクストの引用は、原則として The Thomas Gray Archive (University of Oxford) http://www.thomasgray.org/ 所掲のものによる。

3 Lonsdale, Roger. "The Poetry of Thomas Gray: Versions of the Self." *Thomas Gray's Elegy Written in a Country Churchyard: Modern Critical Interpretations.* Ed. Harold Bloom. New York: Chelsea House, 1987, 19–37: 27.

> しかしながらわれわれは、意識の自由な流れ、思考と感覚と知覚のディテールの絡み合い、話す声の自然さといった、ロマン派抒情詩を特徴づけるものからはまだ遠くにいる。グレイは自分の観察ならびに省察を、慎重にフォーマルな頌詩の oratio の神官のスタイルで描き出している。[……]記憶も反省も脱個人化され、おもに一般的な命題として現れる。それは金言 sententiae（"where ignorance is bliss/'Tis folly to be wise"）として表現されることもあれば、同時代の頌詩のスタンダードな技巧によって、「タブローとアレゴリー」の形に変換された命題として表現されることもある。後者を、コウルリッジは、グレイの「散文的思考の詩的言語への翻訳」と呼んで貶めたのであった。グレイの詩は構造の点で創意に富み、その種のものとしては極めてすぐれているが、明らかに世紀中葉の詩にとどまっている。[4]

どちらも、いずれ来るべきロマン派へのリニアな「発展」という物語の中に、オーガスタンとロマン派のあいだ、未だロマン派であらざるものとしてグレイを位置づけていると言えるだろう。こうした視点にはもちろん一定の発見的な価値、解読格子としての価値はある。しかし他面、私たちの視野を塞いでしまうものでもありうることには注意しておかなければならない。以下では、「ロマン派に向かわない」グレイ、ロマン派とは違った方向性を示すグレイを読むことを試みる。

「哀歌」はおおよそ以下のように分節される。[5]

---

4 Abrams, M. H. "Structure and Style in the Greater Romantic Lyric." *From Sensibility to Romanticism*. Eds. Frederick W. Hilles and Harold Bloom. New York: Oxford University Press, 1965, 527-60: 538.

5 ここでは概ね Weinbrot の分け方によっているが、論者による大きな違いはない。たとえば森山泰夫『英米名詩の新しい鑑賞 —— 抒情詩の 7 つの型』三省堂、1993 年、264-267 頁なども参照。

1-28	(sts. 1-7)	導入部。
29-44	(sts. 8-11)	話者による貧者の擁護。富も死を避けるには役立たないことの執拗な確認。
45-64	(sts. 12-16)	貧しい場合に成功することの困難さについて。
65-76	(sts. 17-19)	富める場合、幸運な場合に成功することの危険。
77-92	(sts. 20-23)	貧者にも見られる、何らかのhuman memorialへの普遍的な希求。
93-116	(sts. 24-29)	牧夫の報告。話者が自分の運命/分け前lotを受け入れたこと。
117-128	(sts. 30-32)	墓碑銘。話者が到達した解決が未来に投影される。

イートンMSと呼ばれる初期草稿では、上で「富める場合、幸運な場合に成功することの危険」としたグループの途中、72行の後ろに、現在とは異なる4連が続き、ひとは無名の生活に甘んじるべきであるというあからさまに教育的なアドバイス、話者が自らのために語る教訓で終わっていた。その最後2連と大意を示す。

Hark how the sacred Calm, that broods around
Bids ev'ry fierce tumultuous Passion cease
In still small Accents whisp'ring from the Ground
A grateful Earnest of eternal Peace

No more with Reason & thyself at Strife;
Give anxious Cares & endless Wishes room
But thro' the cool sequester'd Vale of Life
Pursue the silent Tenour of thy Doom.

聞け、あたりにたちこめる聖なる静寂が、
激しく動揺する熱情すべてに鎮まるよう命ずるのを
永遠の平安のありがたいしるしを
地から静かな小声で囁くのを

もはや理性とも汝自身とも争わず
不安な心労と限りのない願望を認めよ
ただし世間から離れた人生の谷を通じ
汝の運命の静かな道を追い求めよ

批評の多くが最終稿のほうをよりよいものと見なしていることは故なしとしない。この草稿は、名声という点では少しも芽の出ない自らを正当化するもの、あるいは友人ウォルポールの一族などに比した自らの出自についての劣等感を逆転し正当化するものとして片付けてしまうことも可能だろう。案に相違して、そのホラス·ウォルポールのおかげで「哀歌」は日の目を見、この「哀歌」によってグレイは名声を身にまとうことになる。ウィリアムズ（Williams）は草稿のこの結尾を、「下手な弁解」lame conclusion であると評しており、また、ハッチングズ（Hutchings）は、「ひとがいかなる人生を送るかということは、死という主要問題には無関係である」と切り捨てている[6]。

最終稿では、草稿の、無名の人生に足ることを知るべしという教訓めいたものが排され、死後もひとに記憶されたいという願望の承認によって置き換えられる。ただし無名性 obscurity の称揚自体は最終稿にも残って一つの核心をなしているし、イートン MS に類似の文句も第 19 連に残されている。Along the cool sequester'd vale of life / They kept the noiseless

6　Williams, Anne. "Elegy Into Lyric: Elegy Written in a Country Churchyard." *Thomas Gray's Elegy Written in a Country Churchyard* (Modern Critical Interpretations). Ed. Harold Bloom. New York: Chelsea House, 1987, 101-117: 102; Hutchings, W. "Syntax of Death: Instability in Gray's Elegy Written in a Country Churchyard." *Ibid.*, 83-90: 92.

tenor of their way. 死を前にしてはいかなる名声も虚しい（The paths of glory lead but to the grave）という凡庸な警句。古代ローマにあっては「いまを愉しめ」を意味したはずの memento mori のキリスト教的な転倒の継承。ここには腐敗と堕落の巣窟の都市と、清浄な田舎という（ソドムとゴモラ以来の）クリシェーも臆面もなく重なり合っている。シッター（Sitter）はここに 18 世紀イギリスの「政治からの逃避」を読み取っている[7]。

この、死後も「覚え」られたいという要求、墓地に埋葬されている村人たちと想像的に共有される「一般的な人間の感情」の承認に向かうことで、「哀歌」は「キリスト教的ストイシズムの詩から感受性 Sensibility の詩へと書き改められた」とイアン・ジャック（Ian Jack）は言う[8]。イートン MS では（現世の）処世が焦点化されており、無名（obscure）の生活に甘んじることが推奨されていたのに対して、最終稿では、死後に記憶されることへの欲望が中心的な主題となる。この「死後に記憶されること」を、ハッチングズもウィリアムズも、その他多くの論者も、無条件に、人間の普遍的な欲望であるとしているのだが、まずその点を疑ってみるべきだろう。むしろこの詩自体、もしくはそのある種の読みが、この欲望が普遍的なものであることを要請しているのではないか、と。仮にそれが普遍的だとしても、「哀歌」の要請する「記憶のされ方」は、のちに見るように、かなり奇妙なものである。

ウェインブロット（Weinbrot）はこの詩を「道徳的選択」moral choice の詩であるとして、詩行の進行に伴う代名詞の使い方の変化に注意を向ける。初めのほうの詩行では村人たちが they, their で指されている（話者からの距離を表す）のに対して、あとの詩行では who, some, our が現れてくることに注目し、話者が自らを村人たちと同一化させていっていると考え

---

7 Sitter, John. *Literary Loneliness in Mid-Eighteenth-Century England*. Ithaca, N.Y.: Cornell Univ. Pr., 1982.

8 Jack, Ian. "Gray's Elegy Reconsidered." *From Sensibility to Romanticism: Essays Presented to Frederick A. Pottle*. Eds. Frederick W. Hilles & Harold Bloom. New York: Oxford Univ. Pr., 1965, 139–169: 146.

ている[9]。この同一化の上に、記憶されたいという欲望が普遍的なものと見なされることになる。

ついでながら、村人たちの生前の営みを想像的に蘇らせる第７連、

Oft did the harvest to their sickle yield,
Their furrow oft the stubborn glebe has broke;
How jocund did they drive their team afield!
How bow'd the woods beneath their sturdy stroke! (II. 25-28)

その鎌で、とり入れをいく度か果して来た。
畝つくりに固い土をいく度か砕いたものだ。
喜ばしく、牛を追うて野を耕したこともある。
その力ある斧の下に、森も頭を垂れたものだ。（福原麟太郎訳）

という詩行は、詩人の創作作業の隠喩として読まれてもよいはずだ。とりわけ、長い時間をかけて作品を彫琢していくグレイにはふさわしい。詩人は語彙の team を紙面に afield 放つ。stroke は直示的な用法でもそのまま「筆致」でありうる。これを詩作の隠喩として読むということは、農夫たちの作業と詩人の作業を重ね合わせることができるということだ。もっとも、この４行は、ウェインブロットがまだ話者が村人たちから距離を置いていると見なしている部分に属している。

改稿によって、この詩は二つのナラティヴから構成されることになった。第一の語りは無名の村人たちの生と死を顕揚し（第23連まで）、第二の語りは無名の詩人の生と死を記憶する。この詩人の墓碑銘が詩を閉じ

9　Weinbrot, Howard D. "Gray's Elegy: A Poem of Moral Choice and Resolution." *Thomas Gray's Elegy Written in a Country Churchyard* (Modern Critical Interpretations) . Ed. Harold Bloom. New York: Chelsea Hous, 1987, 69-82: 26.

る。しばしば問題とされてきたのは、この第二の語りで語られる詩人とは誰なのか、言い換えれば、第24連に現れるtheeとは誰なのか、さらに言い換えれば、墓碑銘が手向けられているのは誰なのか、ということだが、近年の読みは、これを「哀歌」の話者(冒頭4行目に一人称で現れている)自身、あるいはその分身double、影と見なす方向に収束してきているようだ。

ウィリアムズは、

> 消え行く「私」と、結尾で現れる若者と牧夫と墓碑銘は、話者が一貫して示している控えめさ、間接性、偽装のパターンの頂点をなすものに他ならない。それらは冒頭行で開始されたプロセスの完成であり、これが抒情詩であること、われわれが相手にしているのが注意深く個人化された（普遍化されてもいるが）——その個人性は自己-消去の奇妙な形式をとってはいるのだが——叙情的話者であることを最後に思い出させる。[10]

と言っている。つまりウィリアムズもまたロマン派への途上にグレイを見ており、「哀歌」に叙情詩を見出しているのだが、同時に、この「消えゆく〈私〉」に対する着目は、ロマン派的自我への単線的な歴史観から逸れていくものを含んでいると言えるかもしれない。

「哀歌」が扱う「記憶されたい」欲望に戻れば、そもそも、何をどう記憶されたいのかについてすら、極めて両価的である。墓碑銘は葬られてある者の功績・長所meritsを問うことも、弱点frailtiesを明るみに出すことも禁じている。

> No farther seek his merits to disclose,
> Or draw his frailties from their dread abode,（II. 125-126）

> いさおしを尚更に引き出すことなかれ。
> 欠けしをばな発(あば)きそ。(福原訳)

10 Williams 前掲書 : 117.

結局この墓碑銘は、死者をobscure（無名、曖昧）なままに、つまり無名のまま、いかなる個人的な特性も問わず、あるいは覆い隠したまま、顕揚するのだ。

山内久明は、kindredがしばしば誤訳されていると指摘している（この誤訳はたとえば福原麟太郎にも見られる）。kindredとは、「親切な」kindではなく、「同種の」である、と[11]。これはただちにある時期のドイツ美学のキーだったKongenialität（同質性、精神的に同じ高さをもつこと）の問題だし、18世紀イギリスの倫理学のキーワードであったsympathy（共感、同情）の概念に結びつく問題である。ロンズデイルは「グレイは自己からの脱出路として受け入れ可能なものを、共感sympathyの倫理的中心性という、当時発展しつつあった教義に見出したのだ」と言っている[12]。もちろん、グレイがアダム・スミスを読んでいたかどうかが問題なのではない（アダム・スミスが中核に共感概念を据えた『道徳感情論』を出版したのは1759年のことである）。同時代の、同じもしくは極めて近接した言説空間の中に両者、つまりグレイとスミスがいたということだ。スミスの道徳感情論において社会（共同体）を存立させる要となる「共感（同感）」は、「中立的な観察者」を仮設する。そのスミスのsympathyとはいかなる概念なのか、ここで改めて瞥見しておくことも無駄ではない。『道徳感情論』の一節を見よう。

> すべての人はそれぞれ、自分に直接に関係することについては他のどんな人に関係することについてよりも、はるかに深い関心をもつ……かれ自身の幸福は、かれ以外の全世界の幸福よりも、かれにとっては重要であるかもしれない。……しかしかれは、他の人々が自分をどう見ているだろうかということを、意識していて、かれらにとっては自分が、どんな点でも他のだれにもまさっていない、大衆の中の一人であるにすぎないことを、

11　山内久明「イギリス――心の深淵」山内ほか『ヨーロッパ・ロマン主義を読み直す』岩波書店、1997年、1-119頁所収。23-24頁。

12　Lonsdale 前掲書 : 26.

> 知っているのである。もしかれが、中立的な観察者がかれの行動の諸原理にはいりこめる（同感する）ように、行為しようとするならば、……かれの自愛心の高慢をくじかなければならないし、それを、他の人びとがついていけるようなものにまで、ひきさげなければならない。この限界のなかでは、かれらは寛大であって、かれが自分の幸福を、どんな他人の幸福よりも切望する……ことをゆるすだろう。[13]

つまり、スミス的な「共感」は、凡庸さの要請であり、中庸化の原理なのだ。その意味で、「哀歌」が執拗に立ち返る obscurity は、この sympathy と見事に平仄が合っている。スミスにあっては、自己は社会的な効果であり、むしろ sympathy が自己を存立させるのであって、ロマン派的な自我からは隔たっている。[14]ここでは「個人的な経験」など信じられてはいないと考えるべきではないだろうか。

そしてこの時代はまた、カント的な「読者共同体」Lesepublikum の理念の成立を見た時代（カント『啓蒙とは何か』は 1784 年刊）でもあった。グレイは読者 audience を探す。ハッチングズの言うように、「ソネット　リチャード・ウェストの死に寄せて」は、読者希求の完璧な悲劇であった。その情緒的な中心は、友人の死によってグレイが最上の読者を失ったことにある。しかしその詩は、ウェストの死がなければ生まれなかった。「パラドックスは完璧で残酷である」。「哀歌」では、グレイは読者を創出する。しかし、それは話者自らを詩中で殺すことによってである。「閉じてゆく目は誰かの情けの泪を求める」がゆえに、話者は自らにふさわしい読者を創り出す。話者が自らの死を受け入れるとき、読者は彼の「灰の中に、人間の心の火を燃や」し続ける役割を担うことになる。このとき読者

13　水田洋『アダム・スミス —— 自由主義とは何か』講談社、1997 年、62-63 頁の水田訳による。

14　このあたり、佐伯啓思『アダム・スミスの誤算 —— 幻想のグローバル資本主義（上）』PHP 研究所、1999 年のスミス読解が参考になる。

は、詩人が村人たちに対して立っていた位置に立つ。このロジックは（それが――ハッチングズが前提しているように――普遍的であるとするならば）今度はわれわれ自身に容赦なく適用されるだろう。われわれ自身が、やがてわれわれ自身のための kindred spirit を必要とすることになる。読者をもち得ない「ソネット　ウェストの死に寄せて」は、'in vain'（虚しく）で始まり、'in vain' で終わっている。永遠の循環。しかし「哀歌」は詩の内部で読者を創り出す。したがってその循環はソネットとは異なっている。[15]

ここでさらに、「哀歌」が示唆している死者と生者の連鎖は、カントの言う「潜在的無限」だと見なすことができるかもしれない。つまり、「ある量の測定において、単位の継起的な総合がけっして完結しないこと」[16]。そしてこれはまたグレイが発見した「崇高」のカント的な規定に結びつく。[17]

> 感性的に与えられるものについての、大きさの情感的判断にあっては、「継起的な総合」つまり「総括」は構想力によって担われる。構想力のはたらきがその「極大」に達して、「端的に大」であるものが顕われるとき、崇高なものが現前する［……］。無限なものは（直観の対象でも、構想力のとらえうるものでもなく）理性の「理念」にほかならない。そのかぎりにおいて、「自然は、それを直観することが、自然の無限性の理念をともなっているような自然の諸現象において、崇高なのである。[18]

15　Hutchings 前掲書 : 99.

16　Kant. *Kritik der reinen Vernunft.* A432/B460. カントの崇高論については、熊野純彦『カント――世界の限界を経験することは可能か』日本放送出版協会、2002 年も参照。

17　近代ヨーロッパの「風景の発見」「崇高美の発見」をめぐる観念史的な言説で、グレイ（グランド・シャルトルーズを訪問した際の）がしばしば主人公の一人を演じさせられていることを想起しておこう。たとえば M. H. ニコルソン『暗い山と栄光の山』小黒和子訳、国書刊行会、1994 年などを参照。

18　熊野、前掲書、104-105 頁。

「哀歌」は死にもかかわらず、否、むしろ死を媒介にしてこそイメージされる潜在的無限を、詩としてのフォルムに形作ってみせている。その意味で、この詩は「崇高」なのだと言うこともおそらく可能だ。

しかしながら、話はそこでは終わらない。改めて「哀歌」のテクストを見れば、この連鎖は極めてあやういものとして提示されていることに気づく。死後に「記憶」される、というのは、「哀歌」が上演しているシナリオに即して考えれば、正確ではない。死者は墓碑銘に「記録」される。白髪の村人は彼を記憶しているかもしれない。しかし彼は文盲で墓碑銘を読むことはできない（らしい）。墓碑銘を読むのは、言ってみれば気まぐれに、偶然に（if chance）、立ち寄った kindred spirit である。

If chance, by lonely Contemplation led,
Some kindred spirit shall inquire thy fate,
Haply some hoary-headed swain may say,
'Oft have we seen him at the peep of dawn (II. 95-98)

ここに、誰か親切な人（ママ）があって、わびしい思いに、
おまえの運命を聞くこともあろう。
すると、たまたま白髪の田舎人が答える。
「たびたびお目にかかりました。朝のひきあけ［……］（福原訳）

この kindred spirit は、そもそも some が付されて、特定される人物ではないことが示されている。その人物はあらかじめ thee のことを知っていたと考えるのが自然かもしれないが、その点も厳密には曖昧である。他動詞として用いられている inquire は、問う者が問われる対象についてあらかじめ知っていることを保証しないだろう。

死者の生前の姿を制限つきながら生き生きと描き出しているのは墓碑銘ではない。虚構された hoary-headed swain（白髪頭の牧夫）の語りである。しかもこの some swain の登場は、haply（偶然に）という副詞によって導

入されている。swain に伴う haply と、kindred spirit に伴う if chance。ここには二重の僥倖が前提されている。「歴史」は語る者と聞く者を必要とする。その両者ともが、「たまたま」現れるものでしかない。つまりこの「潜在的無限」は、極めてあやうい、脆いものなのである。あやうい読者。しかし詩作品は、たまたま、偶然になどと言いつつ、作品の中で否応なく読者を創り出している。狡猾な自己完結と言うべきだろうか。「哀歌」が示している obscure なままに記憶されることという限りなく自己撞着に近い理念は、単なる死と生の交代、世代の交代という事実に、これまた限りなく近い。それが「哀歌」の持つ力の源泉の少なくとも一つであり、この作品の狡知なのかもしれない。

以上はグレイの墓碑銘を読んでウィリアムズやハッチングズが（グレイ宛に？）書いた墓碑銘を「たまたま」読んだ私からの、拙い（uncouth）墓碑銘である。

物語の場所

――ペーター・ハントケ『ジュークボックスについての試み』について

みんなが見ているもの（しかし、ほんとうは、あれは、みんな、いったい何を見ているのだろうか、見ていると言えるのだろうか？）からふっと目をそらすこと。そらした目の先、わきのほうへ、深く深く入りこんでゆくこと。ちょうど『こどもの物語』の子供がブーローニュの森でやったように[1]。視線のコンフォーミズムに与しない限り、いずれにせよ居場所はないのだから。だれも気づかぬままに消えて行こうとしているジュークボックスに気をとめ、「日々新たな歴史的日付がかさなっていく[2]」1989年という年に、冬のさなか、だれもとりたてて行こうとはしないカスティッリャの荒涼とした高原のなかの田舎町にあえて行くこと[3]。

『ジュークボックスについての試み』*Versuch über die Jukebox* は、いずれも Versuch（試み）という語をタイトルにもつ三つの作品の第二作として、「歴史的な」年の翌年、いや引き続き歴史的な年であった1990年に出版されている[4]。やはり作家であるらしい三人称の主人公は、『ジュークボックスについての試み』のために、スペインの町、ソリアに行く。過去に出会ったジュークボックスの数々について回想しながら、彼はジュークボックス（と書く場所）を求めてソリアとその周辺をさまよう。

ジュークボックスはハントケの初期の作品からあちらこちらに顔を出している。『ペナルティキックを受けるゴールキーパーの不安』(1970)では、

1　Peter Handke. *Kindergeschichte*. Frankfurt am Main: Suhrkamp, 1984（=st1071), 26-.（『こどもの物語』阿部卓也訳、同学社、2004年、28-31頁）。

2　Peter Handke. *Versuch über die Jukebox. Erzählung*. Frankfurt am Main: Suhrkamp, 1993（=st2208). 以下本書については本文中丸括弧内に原著のページ数のみ記す。

3　1989年とはもちろん、「ベルリンの壁」が開放され（11月9日）、翌年の東西ドイツ統一へと急激に動いていった年である。

4　あとの二作は、*Versuch über die Müdigkeit*. Frankfurt am Main: Suhrkamp, 1992（=st2146)（初出は1989年）および *Versuch über den geglückten Tag. Ein Wintertagtraum*. Frankfurt am Main: Suhrkamp, 1994 (=st2282)（初出は1991年）である。その後、2012年に *Versuch über den Stillen Ort*. Berlin: Suhrkamp, 2012が、さらに2013年には *Versuch über den Pilznarren. Eine Geschichte für sich* Berlin: Suhrkamp, 2013が、書かれている。

殺人を犯してウィーンから南の国境に向かって逃亡する主人公は、ヴィム・ヴェンダースによる映画化作品でも忠実に描かれているように、行く先々でジュークボックスを目にしているし、『長いお別れへの短い手紙』(1972) の主人公は、ニューヨークのジェファーソン・ストリートの店でジンジャーエールを飲みながら 25 セント玉を放り込み、Otis Redding の “Sitting On The Dock Of The Bay” をかけている。本書『ジュークボックスについての試み』自体の中で、その意図を説明して、「『ジュークボックスについての試み』によって、彼はもはや若くはない自分の人生のさまざまな段階にこのモノがもっていた意味を明らかにするつもりだった」(11) と言われている。(ハントケによく見られる作品の自己言及だが、ただし本書と、ここで主人公が書こうとしている『ジュークボックスについての試み』が同一であるかどうかは決定できない。)

しかしこれはジュークボックスについてのエッセイではないし、ジュークボックスについての物語ですらない。舞台となる町ソリアでは、主人公の「嗅覚」は裏切られ、ジュークボックスはついに発見されない。ジュークボックスに実際に出会った土地として物語の中で散発的に言及されるのは、故郷ケルンテンの田舎、学生時代のグラーツ、北イタリアのカサルサ、アンカレッジ、スロヴェニア・カルスト地方のシュタニエル、「日本の寺院の町ニッコー」などである。タイトルの Versuch は、ジャンルとしての Essay を意味するのではなく、文字通り「試み」であり、したがってこれは「ジュークボックスについての試み」についての物語なのである。カスティッリャの町ソリアへ行って、ジュークボックスについて探求し書くことを試みる男の物語。この物語が三人称でなければならなかった理由もおそらくここにある。ではこれがエッセイではなく物語であるというのはどういうことだろうか。

旅の物語 —— 場所への公正さ

物語というものは、つねに旅の報告を含んでいる(あるいは物語は旅の報

告を保存する[5]

『長いお別れへの短い手紙』や『まわり道』(1974) なども旅の物語だったが、『ゆるやかな帰郷』四部作 (1979–1981) 以降のハントケの作品では、旅の物語が圧倒的な比重を占めるようになっている。やはり旅の物語であるこの『ジュークボックスについての試み』について、ベルント・アイラート (Bernd Eilert) は「この旅好きの48歳の男は、実に気ままな作家生活を本書でまたいとも軽々と延命しおおせているわけで、私がハントケのこの試みでいいなあと思うのは、その軽さだ」[6]と言っている。この揶揄に応えることから始めてみよう。確かに『ジュークボックスについての試み』には軽やかなところがあり、抑制されたユーモアも見出されるのだが、単なる旅行好き (reiselustig) の旅日記と『ジュークボックスについての試み』を隔てるものがあるとすればそれは何だろうか。ちょうどこの問いに応えるかのように、ハントケは『反復の幻想』(1983) の中で、こう言っている。

> 閾(しきい)の痛みを感ずるのなら、きみはツーリストではない。通過可能な点 (Übergang) というものがありうるのだ[7]

つまり単に気楽な旅好きと『ジュークボックスについての試み』を隔てるものは、一つには境界・閾への感覚だということになるだろう。もう一つは『ゆるやかな帰郷』四部作以来の故郷の (再発見と) 再喪失の文脈だが、これはあとで述べる。境界、閾に鋭敏になること。こうしたことばは、『痛みの中国人』(1983) や『反復』(1986) 以来、ハントケの作品ではおなじみだ。『ジュークボックスについての試み』の旅行者は、ソリア地方に入

5 Peter Handke. *Am Felsfenster morgens* (*und andere Ortszeiten 1982–1987*). Salzburg: Residenz, 1998, 13.

6 Jörg Drews, Hrsg. *Dichter beschimpfen Dichter*. 2., durchgesehene Aufl., Leipzig: Reclam, 1995, 77.

7 Peter Handke. *Phantasien der Wiederholung*. Frankfurt am Main: Suhrkamp, 1996 (=BS1071), 13.

るバスが通過する、ソリアとブルゴスのあいだのかすかな「峠」を見落とさない（18）。スペイン語では峠と港が同じ単語だということが、そこでことのついでに言及されるのだが、この知見は、スペイン語を母語としない者にとってはちょっとした意味のショートではある[8]。ここでは、それが峠の存在自体を静かに強調するものとなっていること、そして puerto であれ Hafen であれ、港を意味することばはまた避難所（refugio, Zuflucht）も意味することを指摘しておきたい。この点についてはあとで立ち戻ることになる。

そしてその土地、場所に対して公正になること。

> 実際彼は一種の義務のように感じていたのだが、いったんそこに来た以上、いちど場所をたしかめ、場所に公正にならなければならなかった（21）

閾を見過ごして入っていってしまっては、これは不可能だ。そして土地、場所に対して公正でありうるための単純で重要な要素の一つは、ことばに近づくことだろう。その土地のことばに入っていこうとすることは、その土地のひとびとが自ら定めたわけでもなく否応なく、しかし自分たちのものであると思いなして従っている法に従おうとすることだからだ。それぞれの言語の内部に入りこんだ上で、そのことばの一つ一つがもつ抵抗感を触知すること。『反復』前後から「試み」三部作にかけてのハントケにとって、目立たぬながら、主題的にも詩学的にも、ドイツ語以外の言語と翻訳の問題が重要な役割を担っている。

主人公は、ジュークボックスを求めて何百というバルに入りながら、何日もソリアの町をさまよい、また町はずれの荒涼とした岩野を掘り込んだ谷深く流れるドゥエロ川のほとりを歩くうち、ついに舞い落ち始めた雪を

8　もっともこうしたつながりは、原語の話者にとっても一般に自明であるとは限らない。*Am Felsfenster morgens*（注５参照）の中の、「日本語でいなずまのことを米の妻という」という書き込み（92）に、私たちは一瞬虚を突かれるのではないか。次の瞬間には笑いだすかもしれないが。

見て、ゆくりなくも初めてスペイン語で、ふと“Nieve!”（雪！）とつぶやく（131）。単なるポーズに見えるだろうか？　しかしこのつぶやきが、次のような詩節を書いているマチャドの読者によって発せられたものであることも見落としてはならない。

La nieve. En el mesón al campo abierto
se ve el hogar donde la leña humea
y la olla al hervir borbollonea.[9]
［大意：雪。野を望む宿屋には／かまどで薪が煙をあげ／鍋が煮立っているのが見える[10]］

アントニオ・マチャド

とりわけて中期以降のハントケ作品には、さまざまな固有名詞が登場する。『サント・ヴィクトワールの教え』のセザンヌを除くと、特に主題的に扱われているわけではないので、単なる装飾として見過ごされがちだが、少なくともそうした名前のいくつかは、もっと重視されてよい。

『ジュークボックスについての試み』の導き手の一人は、アントニオ・マチャド Antonio Machado（1875-1939）である。ロルカなどと違って地味で、それだけに魅力を伝える翻訳も困難で、スペイン国外では20世紀後

9　Antonio Machado. *Poesítas completas*. Madrid: Residencia de Estudiantes, 1917, 144.

10　雪、特に降り始めた雪そのものは、「はじまり」の観念と結びついて、ハントケの作品のいたるところに現れる。たとえば、Van Morrison についての言及が本文中に見られるが、その1998年のアルバム“The Philosopher's Stone-The Unreleased Tracks”(Exile/Polydor) 収録の“Song of Being A Child”にハントケは歌詞を提供しており、映画『ベルリン、天使の詩』でも用いられたテクストに酷似したこの歌詞には、”When the child was a child / [...] Was shy in front of strangers. And still is / It waited for the first snow. And still waits that way”という一節がある。ハントケにおける「はじまり」と雪の結びつきについては、Markus Barth. *Lebenskunst im Alltag: Analyse der Werke von Peter Handke, Thomas Bernhard und Brigitte Kronauer*. Wiesbaden: Deutscher Universitäts Verlag, 1998, 114-115 も参照。

半まで知られることの少なかった詩人。カスティッリャの荒涼とした風景の中に立ち、それを静かにうたうマチャドは、『反復』で言及されていたスロヴェニアのカルストの詩人スレチュコ・コソヴェルとも照応するだろう。風景の知覚、時間性の美学と持続のモチーフ、他者の認識、理想的現在の追求といったマチャドのテーマのもろもろは、明らかにハントケの美学に対応している。

何より、マチャドのテクストのことばが重要だ。『ジュークボックスについての試み』には、マチャドのことばとしてスペイン語で明示的に引用される“álamos cantadores”（歌うポプラ）のような例もあるが、むしろそれと名指されない一見理解しにくい文言のいくつかも、マチャドのテクストに照らし合わせてみるとき、明らかになる。たとえば次のような一節。

> いま、昼の光のもとに明らかな姿を現しているソリアは、二つの丘、木立におおわれた丘と裸の丘の間、ドゥエロ川へと下る凹地にあった。ドゥエロ川は、町はずれのまばらな家のきわを流れていた。向こう岸にははるかに広がる岩野。石の橋が一本、その向こう岸へと通じていて、その上をサラゴーサに行く道路が渡っていた。新参者は橋脚の弓形とともにその数も心に留めた。かすかな風が吹き、雲が流れていた。ヨシは黒っぽい水の下に押し倒され、ガマの穂だけが何本か突き出していた (41-42.)

二つの丘も、荒涼とした岩野も、もちろんマチャドが繰り返しうたっている。だが特にドゥエロ川にかかる石橋について、いくぶん唐突な「新参者は橋脚の弓形とともにその数も心に留めた」というくだりは、マチャドの次の詩節へと送り返す。

> iba a embestir los ocho tajamares
> del puente el padre río,
> que surca de Castilla el yermo frío

［Orillas del Duero］[11]

［大意：カスティッリャの冷たい荒野を掘り込み流れる父なる川は、橋の八つの波除にぶつかっていた］

「新参者」の前に橋脚の数（los ocho tajamares）を心に留め、それをことばによって浮かび上がらせたのは、やはりマチャドだったのだ。あるいはまた橋の下の黒い水についても、"cruzar el largo puente, y bajo las arcadas / de piedra ensombrecerse las aguas plateadas / del Duero"［A orillas del Duero］[12]［大意：石の長い橋の下、アーチの下をくぐるとき、ドゥエロ川の銀色の水は暗くなった］というマチャドのテクストの反復を見出すことができるかもしれない。ここでは立ち入れないが、もちろんマチャドのテクストに限らず、ハントケ自身の過去のテクストや、たとえばかつてジュークボックスのスタンダードナンバーだった曲の歌詞の数々も、『ジュークボックスについての試み』のそこかしこに反復されているだろう。

こうした間テクスト性、とりわけ（ドイツ語からみて）外国語のテクストとのあいだの間テクスト性が、読者に一見してまず奇異な感覚を抱かせる。それは何よりそのことばが一種の翻訳であることに因っている。しかしそれが、ドイツ語の表現を押し広げ、かつドイツ語の内部で他の言語を予感させることになる。これは W. v. フンボルトが描いた翻訳、より激烈なかたちではヘルダーリンが実践し、そこにベンヤミンが見て取った翻訳の理想像に近接する。自ら手がけたフロリヤン・リプシュの作品のドイツ語訳について、ハントケは次のように言っている。

翻訳作業の際の目標の一つは、スロヴェニア語固有のものをいくらかなり伝えることだった。［……］スロヴェニア語とケルンテンのスロヴェニア語の言い回しを、［……］それに対応するドイツ語の表現で置き換えるのでは

11　Machado 前掲書：123.

12　同上 114.

なく、できるだけ文字どおりに移しかえた[13]

閾を抹消するのではなくかえってそっと際立たせること。逆に境界を厚く塗り込め、その向こうの世界を硬直した表象に石化させるような態度(これほどの不公正があるだろうか？）にも抵抗して、むしろ通路（Übergang）＝峠を見出すこと。ブッキッシュなテクストと言うべきだろうか？　しかし『ジュークボックスについての試み』にとっては、古典的なもろもろのテクストは、ソリアという場所とともに、きわめてリアルなものなのである。

故郷（再）喪失

『ゆるやかな帰郷』四部作の同名の第一作（1979）の主人公はアラスカからニューヨークを経てアメリカ西部に向かい、最後にヨーロッパに戻る。次の『サント・ヴィクトワールの教え』(1980)の舞台は主に南仏であり、『こどもの物語』(1981)はパリを重要な舞台とする。そして四部作最後の『村々をこえて』（1981）はハントケの生まれ故郷、ケルンテンのグリッフェン周辺が舞台となっている。そして同じケルンテンと、想像的な故郷のスロヴェニアを舞台として穏やかで肯定的なトーンの目立つ『反復』（1986）が書かれたあと、東欧の激動の中でユーゴスラヴィアの解体があり、『ジュークボックスについての試み』（1990）の主人公はスペインをさまよう。大作『無人の入り江の一年』（1994）になると、主人公はパリ郊外に定住しており、その周辺について語りながら、友人たちのスコットランド、スロヴェニアなどの旅の報告も語っていくという体裁になる。

管啓次郎は、『ジュークボックスについての試み』と同じころ、「新しいネイティヴィズム」という魅力的な概念を提出している。

土地に肉体的にかかわり、局地的な生態系に参加し、やがて土地の人とな

13　Florjan Lipuš. *Der Zögling Tjaž.* Roman. Deutsch von Peter Handke zusammen mit Helga Mračnikar. Frankfurt am Main: Suhrkamp, 1984, 246.

り土地に対する責任をひきうけるようになるには、自分自身の出生地も、肌の色も、血も、まるで関係ない。きみを作るのは、きみを規定するのは、土地との、場所との関係だ。熊や狼や鳥や蝶のように移住し、その果てに定住を決意し、見出された土地に全面的に、マテリアルに関わってゆく。こうして二〇世紀の末期において、あいかわらず「世界」という全体にしばられたまま、「地球」という別のコノテーションをおびた全体を回避することなく、可視の地方と不可視の全体とのあいだをなんどでも想像力によって往還しながら、あくまでもひとつの場所にふみとどまる。土地の文化を、新しく作りだす。そんな姿勢をぼくらは、「新しいネイティヴィズム」と呼ぶことができるだろう[14]。

ハントケの主人公たちのたどる道筋をつなぎ合わせると、これはほとんどハントケ自身の軌跡と一緒なのだが、そのアメリカからフランス経由のゆるやかな帰郷、ケルンテンとスロヴェニアという故郷の（再）発見と再喪失を経た『無人の入り江の一年』でのパリ西郊への定住を、あるいは管のことばを借りて「新しいネイティヴィズム」の名で呼ぶこと、そんな物語を描いてみることができるかもしれない。（「新しいネイティヴィズム」という考え方自体が、喪失・漂流から定着へという物語を前提している。）『ジュークボックスについての試み』の漂泊は、ちょうど、再喪失のあと、パリ郊外での「新しいネイティヴィズム」に至る中間の地点に位置する。

叙事詩とは旅の物語だ。ところが、古代的な叙事詩に適合するような英雄的な旅立ちは帰還を前提している[15]。だから、「帰還」が果たせなくなってからの『ジュークボックスについての試み』が、「全世界を覆う叙事詩」すなわち「戦争と平和の叙事詩、天と地の叙事詩、西と東の、殺人と殴殺の、抑圧、激昂と和解の、城館と安酒場の、太古の森とスポーツスタジア

14　管啓次郎「土地　記憶　欲望」『場所』市川浩ほか編（現代哲学の冒険７）、岩波書店、1991 年、29-30 頁。

15　エリック・リード『旅の思想史　ギルガメシュ叙事詩から世界観光旅行へ』伊藤誓訳、法政大学出版局、1993 年、36 頁。（Eric J. Leed. *The Mind of the Traveler: From Gilgamesh to Global Tourism*. New York: Basic Books, 1991.）

ムの、失踪と帰郷の叙事詩、赤の他人どうしの輝かしい合一と神聖な結婚の愛の叙事詩」(28f.) を一種の理想として描き続けつつも、ときとして古代的な叙事詩に対する違和感を表明しているのは不思議ではない。

> 過去の時代の叙事的形式が今日の書物で使われると――その統一性にしても、その（他者の運命を）まじない、わがものとする身ぶりも、あれほどにも全知かつ無知な全体性の要求にしても――わざとらしくしか見えなくなっているのではないか？（70）

『反復』において想像的な故郷、つまり「場所」をいったん見出したハントケの主人公は、その後再び場所を失う。そうして「逃げ」て、とりあえずの停留地となった土地の一つがソリアなのである。

マチャドはこんなふうにうたっている。

> Caminante, son tus huellas
> el camino, y nada más;
> caminante, no hay camino,
> se hace camino al andar.
> Al andar se hace camino,
> y al volver la vista atrás
> se ve la senda que nunca
> se ha de volver a pisar.
> Caminante, no hay camino,
> sino estelas en la mar.
> [Proverbios y cantares[16] XXIX]
> ［大意：旅人よ、きみの足跡だけが道だ、他には何もない。旅人よ、道はない、歩くことで道ができる。立ち止まって振り返るとき、目にするのは二度と足を踏み入れることのない小径だ。旅人よ、道はない、あるのは海上

16 Machado 前掲書：229.

の澪だけだ］

放浪者（caminante）に呼びかけるこの詩節の表象自体は決して独創的なものではないだろう。しかし歩くことによって道ができる（Al andar se hace camino）というのは同じでも、たとえば楽観的な（？）光太郎と違って、自分の後ろで道は消えていく。むしろ船の澪（estelas en la mar）のように。したがってあとに誰かが続くわけでもないし、自ら戻ることもできない。ハントケはこの感覚を共有している。

それにしても逃げることばかりを考えていた。もう長い間決まった住所というものをもたずに放浪してきた彼に、彼の計画のために、自分のセカンドハウスだかサードハウスだかを提供しようと申し出てくれている友人がいた。冬の初めのいまなら誰もおらず、まわりはしんと静かで、しかもなじみの文明が、とりわけ子供のころからのことば、彼を動かすもの（かつ落ち着かせるもの）であることばが、いつでも徒歩でとどくところにあるというのだ。だが逃げることを考えている彼にとって、戻ることはいっさいあり得なかった。ドイツ語の話される環境は彼にとってもはや問題外だった［……］。逃げるのに戻り道を禁ずる――ひたすら大陸を先へ進むしかない――というのは、あるいは一種の思い込みなのかもしれない(22-24.)

戻り道は禁じられている。（マチャドによれば）消えてしまうのだから。確かにベンヤミンやマチャド（フランコ体制を逃れてベンヤミンとは逆向きにピレネーを越え、1939年、コリウールに客死）やに比べればあくまでも気楽なものかもしれない。実際、主人公がものを書く場所を求めてうろつくさまは、子どもの歌を借りて戯画化されて語られる。

むかしむかしあるところに男がいた。そいつは生涯どこにも落ち着けなかった。／家にいると寒すぎて、男は森へ行った。／森はじめじめしすぎていて、草の上に寝た。／草は青々としすぎていて、男はベルリンへ行った。／ベルリンは大きすぎて、男は城を買った。／城はきゅうくつで、また家に帰った。／家に帰ると……。(64f.)

だが、極端な逆境に恵まれないことに文句をつけるのは（本人であれ、第三者であれ）倒錯しているし、逆にわかりやすい受難の物語に還元されにくいぶん、別の物語、別の可能性へと開かれているのだと言えるだろう。戯画化自体が、感傷的な悲劇性の回避でもあるのだし、それこそが、アイラートの言っていた「軽さ」に他ならない。

物語ること＝場所を与えること

そして書くためにはどこかよそへ行かなければならないというのが仮に「思い込みにすぎない」としても、逆に、消えてしまう現在時を残し伝えることができるのは、書くことだけなのだ。失われたジュークボックス、「失われた時」を求めてハントケはカスティッリャの荒地をさまよう。それはそのまま現在のスペインの探求、もっと言えば「現在」の探求、ただちに失われかねない現在の探求なのである。マスメディアが鋳造し流布させることばを避け、目の粗いそうしたことばからもれてしまうもの、そうしたことばが押し流してしまうようなもの、通常「情報」として処理加工され得ないものを語ることばを見出すこと[17]。それがハントケの「旅の物語」のかなめの一つだ。世界がテクストであるならば、そのもっとも目立たぬ箇所にアンダーラインを引いてまわること。斉一な視線が見過ごし、覆い隠してしまうものを際立たせること、つまり、瑣末な、リアルなものをことばによって救い出すこと。「イメージを触知し、それに応じたことばを置いていく」(120) こと。そういう主人公はソリアの教会のロマネスク彫刻のファサードに一種理想的なフォルムを見出し、感嘆する。「しか

17 Eberhard Falcke. „Schauen und Schreiben. Peter Handke führt sein Begeisterungsprogramm weiter.“ *Süddeutsche Zeitung*. 2. Oktober 1990 を参照。ここでは Franz Josef Görtz, Volker Hage, Uwe Wittstock, *Deutsche Literatur 1990. Jahresüberblick*. Stuttgart: Reclam, 1991 所収のテクストを参照している。144 頁。

しどうやってこんな王者のようで子供っぽく、かつ説得力のあるフォルムに到達できたのだろう？」(41)。出来合いの粗雑なことばに対する抵抗はハントケの初期から一貫しており、またこうした姿勢から発するもっとも軽率で大胆な試みが『冬の旅』だった。[18]『ジュークボックスについての試み』の主人公が英雄的な叙事詩に違和感を表明するとき、その代わりに現時点での理想的な語りは次のようなものだと言っている。

> さまざまの面からの大小さまざまなアプローチ、それが、何かを捕まえては通路に流し込む通常のやりかたに代わって、いままさに彼の完全な、内的な、一種の統一を打ち立てる対象経験によれば、彼にとっての書物の理想像だった。距離を保つこと、まわりを旋回すること、引き倒すこと、まわりを漂うこと —— 自分の大切なものを周縁から護衛すること (70)

これは『ジュークボックスについての試み』自体が実践するところを自己言及的に語っているわけだが、同じ年に刊行された『いまいちどトゥキュディデスのために』も、そうした手法による細密画集である。そこに取り集められた極めて短い物語は、それぞれ、日本のアオモリに降る雪、ミュンヘンの一本のトネリコの木、リヨン＝ペラッシュの駅ホテルから見えるもの、スプリットの靴磨きの仕事ぶり、サント・ヴィクトワールの山火事跡、クルク島で見られた稲光、ピレネー山中の泉などについて、それだけについて語っている。（そしてそのいくつかには「叙事詩」の名が冠されている。古代的なものとは別の叙事詩。）ハントケ自身がときとしてモデルとしてのHaiku（俳句）に言及しているように、こうしたことばつき、つまり微細な風景の知覚を積み重ねる手法は、日本の読者にはむしろ見慣れたもの、平凡なものと映るかもしれない。だが少なくともドイツ語の中では、ハイク的なるものは有効でありうるのだし、それがひとが見ようとしないもの、見向こうとしないものを見ることである場合、勇気かつ／また

18 Peter Handke. *Eine winterliche Reise zu den Flüssen Donau, Save, Morawa und Drina oder Gerechtigkeit für Serbien.* Frankfurt am Main: Suhrkamp, 1996.

は軽薄さが必要だ。

ところで、故郷喪失、反故郷の物語自体は、物語としては、20世紀も末のいま、世界中に転がっているし（そのかぎりで、管のテクストを「新しいネイティヴィズム」概念に切り縮めてここで用いているのは、管に対しても不正を犯す危険がある）、また文学作品の主題としては、ゼーバルトやメナッセが言うように、「反一故郷一文学」は、一つの単位として括ること自体が争われる「オーストリア文学」を結ぶ、数少ない顕著な共通項の一つ、言わば「オーストリア文学」の特権的な主題である。[19] いずれにせよ、それ自体はなにもハントケに独自なものではない。メナッセは、「反一故郷一文学」はオーストリア文学特有で、オーストリア文学全般に当てはまるにしても、とりわけ戦後の第二共和国においてもっとも重要で支配的な文学形式だと言い、トーマス・ベルンハルト、ゲルト・ヨンケ、アルフレート・コレリチュ、ヨーゼフ・ヴィンクラーなどと並べて、ペーター・ハントケの名をその筆頭に挙げている。だがハントケ自身は、故郷ということばはむしろ避けて、場所（Ort）ということばを選択するだろう。『反復』前後から、ハントケは、自分にとっての場所の重要性を繰り返し述べている。1998年に公刊された『反復』当時のノートには、たとえばこんな書き込みが見られる。[20]

> 僕の資本は場所の知識、少なくとも場所を知りたいという欲求だ[21]

> 〈場所に飢えた〉というのは自分にとってただしいことばとは言えない。むしろ〈場所を必要とする〉というほうが良い（サン・モーリッツの駅の軽食堂。しっかりと堅いカウンターのベンチ。どこかニューヨークのコーヒー

---

19 W. G. Sebald. *Unheimliche Heimat. Essays zur österreichischen Literatur.* Frankfurt am Main: Fischer, 1995; Robert Menasse. *Das Land ohne Eigenschaften: Essay zur Österreichischen Identität.* Frankfurt am Main: Suhrkamp, 1995 (=st2487), 112-113.

20 Peter Handke. *Am Felsfenster morgens.*（注5参照）

21 同書：13.

ショップを思わせる――〈そして場所なき者のなかの場所なき者はそれでも駅の軽食堂に場所を見つけた[22]〉）
場所が物語を生み出すのであって、逆ではない。（『反復』[23]）

またガンパーとのインタビューでも、次のように言っている。

ええ、私は場所の作家ですし、以前からそうでした。私の言う場所というのは、限定された空間のことで、そこで初めて体験というものが生まれるのです。私の出発点になるのは決して物語や出来事や事件ではなく、つねに一つの場所です。場所を記述（beschreiben）したいのではなく、物語りたい。それが私の最大の欲求なのです。それはひとすじの川かもしれませんし、あるいは雪、その雪がある特定の庭、ある特定の木、ある特定の種類の樹皮に降りかかる様子なのであって、とにかくそこでさあ始めようという気になるのです[24]。

故郷という硬直したことばと違って、場所ということばは狭く限られたコノテーションを持たないぶん、べつの思考を開くだろう。そして故郷ということばも場所ということばの開く空間の中に位置づけられる。ハントケにあっては、実存の問題と詩学の問題がつねにからみあっている。場所の概念は、単に実存的なものではなく、詩学の問題、あるいはことばの実存の問題を示すものでもある。場所が物語を生み出す。物語はリアルな場所から生い立つ。それがソリアであり、トロであり、ザルツブルクであり、ボヒンであり、リュビアの泉であり、モンファルコーネの駅であり、スプリットの漁港なのだ。しかしまた逆に、『反復』の中でも言われているように、物語はそれなくしては場所を持たずに消え行くような存在や体

22　同書：20.

23　同書：29.

24　Peter Handke. *Aber ich lebe nur von den Zwischenräumen: Ein Gespräch, geführt von Herbert Gamper.* Frankfurt am Main: Suhrkamp 1990, 19.

験やことばに場所を与える。

> 回想の作業は、体験を生かしておくひとつながりの物語のなかで、体験にそれぞれの場所を与えるのだ[25]

まさにジュークボックスということばと、それが意味するものはこの『ジュークボックスについての試み』という物語の中に場所を与えられるのだし、さらに、マチャドなどのことばの翻訳は、ことばに対して別の言語の中に場所を与えることになる。言わばハントケとことばとは国境を逆向きに越え、翻訳されたことばはドイツ語の中で新しいネイティヴィズムを生きることになる。

閾の手前に自分の場所があるわけではない。だが閾を越えて入っていくことももちろん必ずしも容易なことではない。閾を感知すること、公正であることは、ある種の抵抗感に出会うことと別ではないからだ。

> つまり毎度毎度克服すべきあまり快適ではない環境に身をさらすこと、平凡な毎日をも揺るがすような限界状況に身を置くこと。加えて書くことの他に、もう一つ何かアタックすること。たとえばそのつど見知らぬ土地を探索し、測量すること。あるいは一人で、教師もなく、新たな、できるだけ未知の言語を習得すること。そうすることで書くことが正当化されると思ってしまうのだ。(24)

そして「よそ者」、「場所の喪失者」には、ときには避難所が必要だ。そもそもかつてジュークボックスのある場所は、そういう避難所の一つに他ならなかった。しかし場所なき者の場所であったジュークボックス自体が、いまや場所を失っている。かつて場所なき者に場所を与え、いまや自

25　Peter Handke. *Die Wiederholung*. Frankfurt am Main: Suhrkamp, 1992 (=st1834), 101-102.(『反復』阿部卓也訳、同学社、1995年、92頁。ただし、ここではいわゆる直訳に近い訳文に変えてある。)

ら場所を失っているもの。『ジュークボックスについての試み』のジュークボックスは、そういうアレゴリー的な存在だ。そしてそういうジュークボックスについて語ろうとする男について物語ることによって、『ジュークボックスについての試み』はジュークボックスに場所を与えていることになる[26]。少なくともこの意味において、本書はエッセイではなく物語でなければならなかったのだ[27]。

ジュークボックスとは別の避難場所について、『ジュークボックスについての試み』の主人公は、ソリアに来る以前、リナレス（それは彼がスペインで唯一実際に稼働しているジュークボックスに出会った土地でもある）にいたときのことを思い出し、語る。

> やはりあまりなじみのないあるスペインの町にしばらくいたときのことだ。あたりの誰もスペイン語以外のことばはわからず、外国の新聞もないようなところで、ときどきその町唯一の中華料理屋に逃げ込んだ。店の中にいきかうことばはもっとわからなかったが、あの排他的な、弾丸のようなスペイン語からは逃れて安全な場所にいるという気がした。(20-21.)

これは末尾への伏線として機能する。『ジュークボックスについての試み』は、次のような文章で終わっている。

> ソリアでも、それから、驚いたことに、片隅に隠れたような中華料理屋に出くわした。閉まっているように見えたが、ドアは開いた。そして彼が入っていくと、紙張りの大きな玉のような明かりがともされた。その晩、客はずっと彼一人だった。町ではここのアジア人の家族を見たことは一度もなかった。その一家が、隅の長いテーブルで食事をしていて、それから

26　そして本稿も、「新しいネイティヴィズム」という物語の援用などによって、『ジュークボックスについての試み』に場所を与える試みでもあった。

27　Samuel Moser. “Das Glück des Erzählens ist das Erzählen des Glücks. Peter Handkes *Vewrsuche.*” in: *Peter Handke. Die Langsamkeit der Welt.* Hrsg. v. Gerhard Fuchs und Gerhard Melzer. Graz: Droschl, 1993, 141 を参照。

> 厨房に姿を消した。女の子だけが残って無言で彼に給仕した。壁には長城の写真がいくつもかかげてあって、それがまた店の名前になっていた。窓の外で夜の嵐にポプラの細枝が鳴る中、色の濃いスープの入った椀に陶製の匙をひたし、もやしの白い頭が顔を出したとき、このカスティッリャの高地で、それはアニメの登場人物のようで、奇妙だった。幼い女の子は、他には何もせず、隣のテーブルでノートに中国の文字をたどたどしく書いていた。びっしりと、この数週間の彼の字よりはずっと揃った書体で。（仕事にかかって以来の彼の文字が歪んでいたのは、戸外で書いたときの強風や雨や暗さのせいばかりではなかった。）その女の子、このスペイン、この地方では彼よりも、比較にならないくらいよそ者であるはずのその姿に何度も眼をやるうち、彼がおどろきとともに感じ取ったことは、自分がいまようやくほんとうに自分の出身地から離れてしまっているのだ、ということだった（138-139.）

新しいネイティヴィズム。そう呼べようものがハントケの主人公においてはっきりとした形を取るのは1994年の『無人の入り江の一年』である。『ジュークボックスについての試み』では、5年間をソリアで過ごしたマチャドの姿も、いくらかそのモデルたり得ているかもしれない。しかし『ジュークボックスについての試み』は、その圧倒的な代表というべきものをカスティッリャの田舎町の中華料理屋の小さな娘に見出す。そしてそこで初めて、主人公の故郷（再）喪失が確認されるのである。本書が「新しいネイティヴィズム」への転回点にあたると見なしうるゆえんだ。避難所として彼を受け入れるものは、つねにすでにそれ自身場所を（いったんは）失ったものだったのである。（そしてpuertoが避難所でもあれば峠でもあったように、この避難所は境界（長城）の名をもつ。）かつて場所なき者に場所を与えたジュークボックスはいまやみずから場所を失った。場所を与えてくれる中華料理屋は、じつはすでにみずから場所を失った者に他ならない。そしてマチャドのことばに新たな場所を与えていた『ジュークボックスについての試み』という物語は、またこのいずれにも場所を、視線のコンフォーミズムが与えることを拒否するであろう場所を、与えていることになる。

追記：本稿成立にあたっては、前田文夫氏との議論から多く貴重な示唆を得ました。記して感謝します。

経験の言語と言語の経験

――ペーター・ハントケ『幸せではないが、もういい』をめぐって

私は一つの文学作品について論じてみたいと思う。

『幸せではないが、もういい』(1972)[1] は、作者の母親の自殺後まもなく、自殺した〈母親〉の生涯を〈私〉が物語る。言うまでもなく、ここに描かれている〈母親〉を現実のハントケの母親そのひとと取り違えてはなるまいが、ここではつまり、ひとりの生身の人間を言葉は語り尽くせるのか、という基本的な問題、それ自体歴史的で、ナイーヴでもあれば初めから答えが知れてもいるような問題が、しかし、それにどの程度のところで対応するにせよ、現れる。

もちろんハントケは、こうした問題に同じ素朴な足場で正面からとりあうことはしないだろう。たとえば『観客罵倒』(1966)や『カスパー』(1967)が演劇の、『ペナルティキックを受けるゴールキーパーの不安』(1969)がサスペンス小説の、それぞれ枠組みに従いながら、それを内側から揺るがしていくものであったように、ここでのハントケは、〈伝記〉(〈ある女の一生〉)というジャンルつまり制度に、とりあえず従っている。(ここでジャンルという語があまり適切ではないであろうことは承知している。[2] この語はまた次のトドロフからの引用でも曖昧である。)

トドロフは、「〈リアリズム〉論の混乱」について論じて、問題は文学と文学外の事実(レフェラン)との対応ではなく、個々のテクストと〈規範(ノルム)〉との一致であり、結局そこから〈本当らしさ〉が生まれるのだ、と言っている。[3] ここで

1　この作品の引用は次の版により、本文中にはページ数のみを記す。Peter Handke. *Wunschloses Unglück*. Frankfurt am Main, 1974 (=st146). なお本書は、2002年に元吉瑞枝氏による日本語訳が出版されている(同学社)。本稿はもともとそれ以前に書かれたもので、引用は元吉訳には拠っていない。ただし、書籍タイトルは卓抜な元吉訳に従って『幸せではないが、もういい』に改めた。

2　ジュネット『アルシテクスト序説』和泉涼一訳、書肆風の薔薇、1986年を参照。

3　Tzvetan Todorov. *Poétique*. (*Qu'est-ce que le structuralism? 2*) Paris: Éditions du Seuil, 1968. (Coll. Points. 45) 35-38.

規範とは、ジャンルの規則、および世論（という訳語が適切かどうかはわからない。l'opinion commune とトドロフは言っている）、つまり、読者が真（本当）だと思うこと、思っていること（ce que les lecteurs croient vrai）である。[4] しかしこの二つの規範は必ずしも摩擦なく調和しあうものではない。その関係を、トドロフは古典主義と自然主義という二つの例を挙げて説明している。古典主義ではまずジャンルの規則に従うことが要求される。問題は文学外の真理ではなく、むしろ規則に合わない事実は排除される。[5] 他方、多数のジャンルが認められており、したがってまた複数の〈本当らしさ〉が認められている。そして〈世論〉はジャンルによって異なるのだが、必ずしもジャンルの規則とは合致しないという。第二の例は自然主義である。自然主義は、書かれたものは真（vrai）（本当らしい vraisemblable ではなく）でなければならないという唯一の規則しか知らない。これは〈世論〉そのものに他ならず、またこの規則はディスクールの多様性を認めない以上、多数のジャンルが唯一のジャンルに還元される。〈真〉と〈本当らしいもの〉との混乱が始まる。そして〈伝記〉というジャンルもまたその規則を、その〈本当らしさ〉を持っている。

4　この〈リアリズム〉の問題を〈真〉、〈真実〉に代えて“vraisemblance”（本当らしさ）に帰着させるのはヤコブソンあたりからだろうか。ヤコブソン「芸術に於けるリアリズムについて」（1921）北岡誠司訳『ロシア・フォルマリズム文学論集 1』水野忠夫編、せりか書房、1984 年。だがさらに、”croire vrais”（本当だと思う）とは、主観・客観の問題を判断のモードゥスの問題として論じたカントの“Fürwahrhalten”のことではないだろうか。リアリズムをテクスト内部の問題として扱うフォルマリズムと、主観・客観を判断内部の問題として扱う『純粋理性批判』の近さ。

5　ジュネットは 17 世紀当時の『ル・シッド』と『クレーヴの奥方』をめぐる論争から極めて印象深い文言を引用紹介している。「シメーヌがル・シッドと結婚したのは真実ではある。しかし、[……] 真実らしくない」（スキュデリー）。「クレーヴ夫人の夫に対する告白は常軌を逸しており、実話においてのみ語られうるものだが、意のままに話を作る際には、ヒロインにそのような風変りな考えを与えるのは滑稽である」（ビュシー＝ラビュタン）。ジュネット「真実らしさと動機づけ」矢橋透訳『フィギュール II』花輪光監訳、書肆風の薔薇、1989 年、83-84 頁。

しかし〈真の現実〉への強迫[6]、それは表現主義や現象学に限らず、近代の文学をつねにどこからか規定し続けてきたのであって、それに相関した言語の危機や物語の危機や小説の危機について、ハントケのテクストをもとに、ここでこと改めて縷説する必要があるだろうか。ひとが好んで引く『チャンドス卿の手紙』。(あの、言語に対する、修辞に対する不信を流麗な言語、見事な修辞で語る虚構の手紙。) こうした問題設定はもう古めかしいというべきだろうか。それはある意味ではハントケの古めかしさに対応しているのだ。何であれ、〈モダンの条件〉を一つ一つ検討していくのは意味のないことではない。古い／新しいという観点がモダンに属しており、〈新しさ〉への強迫は〈真の現実〉への強迫と密接な関係にある。モダンを逃れようとすること自体がモダンな身振りなのだ。そしてこうした観察も言ってみれば「もはや古い」。いずれにせよ問題は〈解決〉されてはいない。(そもそもこれは解決されるべき〈問題〉なのだろうか。) 問題は錯雑で、上のトドロフの引用も、到底十分ではない。

こうした意味でのモダンは、18 世紀あたりから明確な姿を現すと考えてよいだろう。たとえばシラー。

> 作家の媒体は言葉です。すなわちそれは種や類のための抽象的記号であって、決して個のためのものではありません。[……] 物の最も個性的な性格、その最も個性的な関係、簡単に言えば、個物のまったく客観的な特性を我々に表象させる語や文章が一般にありさえすれば、これが慣習によって生じようと、あるいは内的必然性によって生じようと、全然問題にならないことになるでしょう。ところが、まさにそうした語や文章が欠けているのです。[……] そのようなわけで、作家が利用する媒体の自然は「普遍的なものに向かう傾向」というところにあり、それゆえ(課題となる)個別

6　F. フェルマン『現象学と表現主義』木田元訳、岩波書店、1984 年 参照。

的なものの表示とは矛盾するのです。(『カリアス書簡』[7])

言葉が〈個〉の表現には向かないということ。しかしここではまだ〈経験〉概念そのものは現れないし、〈個〉は主体とすら結びつけられてはいない。〈個体〉についての言表は不可能だ("Individuum est ineffabile")というテーゼは中世に、さらにはプラトンにも見出すことができる。しかしそれらはあくまでも論理学の概念としてであり、〈個〉が実践哲学の領域に入り込んで特有の価値を与えられ、あからさまに実存や主体や体験といった形象とかかわるようになるのは近代(シラー以後?)のことだ[8]。

あるいは初期のニーチェ。

> おのおの語は次の過程によってただちに概念となるのである。おのおのの語が成立の母体と仰いでいる一回限りの、徹底して個性化された根源体験のために、おのおのの語になにか記憶の役を果たさせようというのではなく、多少とも似ている無数の事例に、すなわち厳密に考えれば断じて等しくはない、よってまったく不同の事例に、おのおのの語が当てはまらなければならないということによってである。(『道徳以外の意味における真理と虚偽について』強調引用者[9])

これは単に概念の問題ではなく、語一般の問題であるはずだ。語の成立過程の機制についてのニーチェの叙述が正しいかどうかはさしあたり考慮の外に置くとして、一般的な言語と唯一的な〈体験〉が対置されているこ

7　Friedrich von Schiller. *Über das Schöne und die Kunst: Schriften zur Ästhetik.* München: Deutscher Taschenbuch Verlag, 1984, 41-42. 訳文は、シラー『美学芸術論集』石原達二訳、冨山房〈百科文庫〉、1977 年による。

8　Hermann Krings, Hans Michael Baumgartner, Christoph Wild Hrsg., *Handbuch der philosophischen Grundbegriffe* 3, München: Kösel Verlag 1973, 729 を参照。

9　Friedrich Nietzsche. *Sämtliche Werke:* Kritischer Studienausgabe 1, 879-880. 訳文はニーチェ全集(白水社)の西尾幹二訳による。

とが見て取れる。(のちのニーチェはレトリックからさらに〈文法〉へと、言語に対する〈批判〉の中心を移していくのだが。いずれにせよ、言語の問題を論じるときに、語にのみ注目していては片手落ちだ。)

この問題についての古い美学の解決は比較的単純なもので、それなりに一貫してもいる。経験と経験の表象との差異を認めないこの美学は、〈天才〉の概念にその解決を見出す。個人的な経験を、〈天才〉のことばが、経験の主観性を維持したまま、一般的真理へともたらすのだ[10]。たとえばシラーは、先の引用部分に続けてこう書いている。(すでに触れたようにここにはまだ〈個人〉も〈経験〉も現れてはいないが。)

> したがって、文芸的表現が自由であるべきならば、作家は言語の普遍への傾向を彼の技術の偉大さによって克服し、素材(語とその変化、構成の法則)を形式(つまり形式の適用)によって征服しなければなりません。

驚嘆すべきオプティミズム。やはりシラーやゲーテは偉大だったということか。しかしこの健康そうなオプティミズムは、現代の〈教科書〉にも浸透している。

> 創造的な文章は、既成の文章の観念や形式にとらわれない自由な発想からのみ生まれる。良い文章とは、①自分にしか書けないことを　②だれが読んでもわかるように書く　という二つの条件を満たしたもののことだ。“だれが読んでもわかるように”ということは、言葉の意味がわかるということも含んでいるが、それだけではない。“自分にしか書けないこと”、自分だけの発見や経験をできるだけ正確に言葉に表現するということを指して

10　ガダマー『真理と方法 ―― 哲学的解釈学の要綱 I』轡田収他訳、法政大学出版会、1986年。また、Paul de Man. “The Rhetoric of Temporality” in *Blindness and Insight: Essays in the Rhetoric of Contemporary Criticism*. Minneapolis: University of Minnesota Press, 1983も参照。

いる。(『高校生のための文章読本』強調引用者)[11]

(叙述の真正さを保証する〈自ら経験したこと〉という観念自体は、これもまた逆にさらに古くに遡ることができる。たとえば13世紀のWernher der Gartenaereの“Helmbrecht”。“hie wil ich sagen waz mir geschach, / daz ich mit mînen ougen sach, / Ich sach, deist sicherîchen wâr, ...”[12] しかしこれも多分、ジャンルの—しかしいかなるジャンルの?—規則に従っているだけのことである。)

ひとまず、近代において経験という形象が、真の現実、主体、個人、意志、人格といった形象と不可分に絡みあっていることは確認しておくべきだろう。

◇

デビュー当時は言語実験的な傾向の強い作品の書き手と見られたハントケにとっても、最終的な審級は〈体験〉であるように見える。たとえば1989年のインタビューでも、ジョイス批判の文脈で彼はこう言っている。

> よい文学というものは物事の経験と、その経験に対する公正さから生まれるもので、それ以外はあり得ません。さもなければ単なるお遊び、言葉の才能の問題で、そういうのには私は本当にぞっとします。[13]

実際、『幸せではないが、もういい』においても、〈書く〉という局面、〈母親の人生〉を〈書く〉という局面において、こうした体験への、個別的なもの、特殊なものの維持への意志が支配している。あるいは少なくとも

11　梅田卓夫ほか編『高校生のための文章読本』筑摩書房、1986年、18頁。

12　Wernher der Gartenaere. *Helmbrecht*. Hrsg. v. Friedrich Panzer. Tübingen 1974. [Altdeutsche Textbibliothek Nr. 11] (V. 7-9). およその意味を掲げておく。「ここで私が語ろうとするのは、私自らが体験したこと、自分自身の目で見たことだ。私は見たのだ、それは絶対確かなことだ…」

13　Die Zeit, Nr. 10-3, März 1989, 77.

作品自体のうちに、その冒頭の大部分と、物語の各所に括弧つきで挿入される〈書く〉ことについての反省的な断章のうちに、そうした欲望の存在が書き込まれている。他の誰でもない自分の母親という特殊な存在を救い出すこと、経験されたものを書き記すこと、定型への、「文学的文章への一人の人物の、痛みもない消滅」(44) という危険に抗すること。

> こうした抽象化や言い回しの危険な点は、もちろん、それが自己充足的になっていくことだ。するとそれらの言葉は、自分たちの出発点になった人物を忘れていく――夢の中のイメージのような、言葉と文章の連鎖反応。文学一儀式。そこでは個人の生はただ辛うじてきっかけとしての役割しか持たない。(44)

ここで言う「文学一儀式」ein Literatur-Ritualがどんなことを意味しているかは、たとえば末尾近くの葬儀の場面に見て取ることができる。

> 埋葬の儀式は彼女の人格を最終的に奪い取り、そうして皆の気を楽にした。[……] 宗教的な決まり文句の中にただ彼女の名前を当てはめるだけでよかった。「わたしたちのきょうだい、...さんは...」(97)

しかし、冒頭近くにある「この興味深い自殺事例について、宗教的、個人心理学的、社会学的な夢解釈一覧表を手に、おそらく難なく解き明かしてみせるようなインタビュアー」(10-11) に対する拒否的な口吻にもかかわらず、そのあとに続く母親の家族史、生活史の叙述は十分に社会学的、心理学的である。オーストリアの地方のカトリック的、農民的な生活条件。貧困。祖父の、唯一の意志的行為としての倹約。(たぶん、こうした社会学的、心理学的な記述は、われわれにとってvraisemblable (本当らしい) なのである。そこに言語哲学や概念史を加えてもよい。するとそれは私のこの小論自体の〈本当らしさ〉の基盤でもある。)

実のところ、作品のほぼ中央に挿入された、〈書く〉ことについてのかなり長い反省的な断章で、語り手自身が、「女の生涯の伝記向けの一般的な言い回しのストック」から出発して書く、と宣言している。

> だから私は最初はまだ事実から出発してそのための表現を探していた。それからふと、表現を求めてすでに事実から遠ざかっていることに気づく。そこで事実の代わりに、すでにある言い回し、社会全体の言語のストックから出発し、私の母の生涯のうちからこうした定型に当てはまる出来事を選び出す。なぜと言って、探し出したものでない、公衆の言語によってのみ、この何も言わぬ生涯の日付全体の中から公表を求めて叫んでいるものを見つけ出すことができるだろうからだ。(45)

そもそも、先にその一部を引いた冒頭近くの一節は次の通り。

> そして私は母の物語を書く。それは一つには、私が彼女について、またどのように彼女が死にいたったかについて、そこらの、彼女とは無関係なインタビュアー――この興味深い自殺事例について、宗教的、個人心理学的、社会学的な夢解釈一覧表を手に、おそらく難なく解き明かしてみせるようなインタビュアー――よりも多くを知っていると信ずるからであり、また一つには、何かすることがあれば元気になれるからという個人的な利益からであり、そして最後に、私自身がこの自死をそこらのインタビュアーとまったく同様に、まあやり方の点では異なるにせよ、一つの事例として片付けてしまいたいからである。
> もちろんこうした理由づけはまったく適当なもので、他の、同様に適当な理由と取り替えがきくものだ。要するに、極端なまでに言葉を失う瞬間というものがあり、その瞬間を言葉にしたいという欲求があったのだ――書くことに向かわせる、いつもと変わらぬきっかけが。(10-11)

一見まったく相反する二つの欲望が存在する。始末をつけてしまいたい、という欲望と、〈個〉と〈経験〉とを書き留めたいという欲望と。最後の一節の「いつもと変わら」ないという再相対化（もちろんこれは単なる再相対化ではない。「言葉を失う瞬間」というのは、書くことをめぐるハントケの反省に繰り返し現れるキーワードの一つである）は決して看過できるものではないが、ひとまず措く。

ともかくハントケのエクリチュール自体、極めて意識的で、その幾重にも折り重なった身振りに見通しをつけていくのは必ずしも容易ではないわけだ。発表当時、何人かの批評家が、『幸せではないが、もういい』に、ハントケの、それまでの言語実験的な作品から主観へ、「実存的な文学」への単純な転回を見ようとしたこと（ここにも始末したいという欲求がある）は、明らかに正当化され得ない。

◇

ここではまず、〈経験〉を書き留める言語への志向という、欲望の一方の軸に沿って見ていくことにしよう。

ハントケが想定している「インタビュアー」の語るであろうことに比べてこのエクリチュールの真正さのしるしとなっているのは、語り手が主人公の息子であるという設定（事実）、息子である語り手が幼いときに家族の中、母親とのかかわりの中で自ら経験したことの叙述、そして何より、„meine Mutter erzählte...“, „sie erzählte...“（私の母は語った、彼女は語った）に導かれ、直接話法に置かれた、母親自身の回想的な語りであるだろう（ここに挙げた要素に明らかに属さない部分が物語の中には含まれている。明らかな〈虚構〉のしるし。）主人公が自らの経験について自らその息子に語った言葉。これほど〈ある女の一生〉を誌す書物にとって authentisch（真正）な源泉があるだろうか。

しかし語り手の〈私〉が息子であり、彼自身の幼時の経験を自ら語っているとしても、また〈母親〉自身の語りにしても、それが果たして経験の、真正さの、「真の現実」の、保証だと言えるだろうか、それこそがまさに〈伝記〉というジャンルの規則、〈本当らしさ〉を与える規則というものなのではないだろうか。その点についてはいったん措くとしても、いずれにせよところが、この母親が自分のことを語り始めたのは、物語の途中で明らかにされるように、息子とともに小説を読むようになってからのことだった。それまでの彼女の生活は、自己や主体にかかわる他のあらゆる抑圧と並んで、自分について語るということに対する徹底した抑圧によってしるしづけられている。

> 彼女が自分自身について、手短かに何かを報告する以上に話そうとすれば、相手の一瞥でもう黙らされてしまうのだった。(33)

> 自分自身について語ることなど何一つなかった。教会の復活祭の告解のとき、つまりともかくも年に一度は自分というものについて言葉にすることができるというときにも、公教要理の決まり文句が意味もなく呟かれるだけ、その中では〈私〉という言葉はまことに月のかけらよりも見慣れぬものに思われるのだった。もしも誰かが自分のことをしゃべり、それがただおどけて何か言ってみただけというのでもない限り、まわりからは〈妙な〉奴だと言われるのだった。個人の運命というものは、たとえそれが本当に何か独自な展開をはらんだものであったとしても、宗教や慣習やしきたりのうちに、夢の名残にいたるまで個人性を奪われ、消耗していったから、個人には人間的なものは何ほども残らなかった。〈個人〉というのも罵りの言葉としてしか使われなかった。(51)

家庭の中にいるのは「話し相手にならない夫とまだ話し相手にならない子どもたち」(36f.)。しかしそうした状況は子どもの成長もあってやや変化を見せる。彼女は新聞だけでなく、息子(語り手)とともに書物を読むようになる。まずファラダ、クヌート・ハムスン、ドストエフスキー、ゴーリキー、そしてトーマス・ウルフ、フォークナー。

> 「だけど私はそんなじゃないわ」と時折彼女は言った。まるでどの作家も直々に彼女のことを書いているかのように。彼女はどの本も自分の人生の叙述として読み、そして生気づくのだった。読むことを通じて、初めて自分のことを話すようになった。自分について語ることを学んだ。一冊の本を読むごとに、彼女は何かしら新しいことを思い出した。こうして私は次第に彼女のことを聞き知る（erfuhr）ようになったのである。(67)

つまり彼女の語りはやはりある種の引用なのではないか。そしてこれはその言葉の真正な力の大部分を奪い去るのに十分なことではないだろうか。

◇

その形象の特異性、交換不可能な（「かけがえのない」）経験について、この伝記が語ろうとしている人生そのものが決して特異性をもち得ないような人生だったとしたら？

すでにフォルカー・ボーンが指摘しているように、『幸せではないが、もういい』において、経験を表現しようとする言語の困難と、アイデンティティや社会的役割をめぐる〈母親〉自身の困難とはパラレルである[14]。交換可能な叙述は、その対象となる生の交換可能性にその必然性をもつ。実際、物語の途中に括弧つきで挿入された文章の一つはこう言っている。

> たしかに、こうした描写スタイルは、書き写されたもの、他の描写から引き写されたもののような感じを与える。取り替えのきくもの。おなじみの

14　Volker Bohn. „„Später werde ich über das alles Genaueres schreiben'. Peter Handkes Erzählung *Wunschloses Unglück* aus literaturtheoretischer Sicht" in: Raimund Fellinger (Hrsg.) *Peter Handke*. Frankfurt am Main: Suhrkamp, 1985. (=st2004)

> 歌。いつのことであろうと時代とは無関係の。要するに「19世紀」。——しかしまさにそれこそが、ここでは必然的なように思われる。というのも、そんなにも見分けのつかぬほどに、相変わらず、時代というものを離れた、永遠に同じもの、つまり19世紀であったのだ。少なくともこの地方の、先に描写したような経済的条件のもとでの、いまここで描き出すべきことがらというものは。(58)

つまり、経験を表現しうるか否かが問われる言語の問題とともに、あるいはこの問題と対応して、(かつ、この問題をとりあえず括弧にくくるならば)、経験そのものが、したがってまた経験を根拠とする個人性が、成立していないという事態が見られうる。それはたとえばすでに先の、自分について語ることに対する徹底した抑圧にも窺うことができる。(ここで「言語の問題に先立って」と言うとすれば、それは正しくないだろう。少なくともこのテクストの指示対象であるべき経験を問題にする限り、われわれはこのテクストの言語を介してアプローチする他ないのだ。そこでは指示対象とはほとんど〈物自体〉のごときものである。だから、仮にアプローチが可能だとすれば、それはこのテクストの言語の問題を〈括弧に入れる〉ことによってでしかあり得ない。(ところで、〈括弧入れ〉とはある種虚構としてのステイタスを割り振ることである。またしても。[15]))

しかしまず一般的に(!)経験、体験とは何だろうか。(ここではこの二つの語を区別しない。仏語や英語ではどちらも同じである。ドイツ語でも、Erfahrung(経験)と特に区別されるErlebnis(体験)という語は、—ガーダマーによれば—ディルタイによって仕上げられていったもので、比較的新しい。19世紀の哲学や美学での、経験という領域への価値付与の強化によって現れた副

---

15 Odo Marquard "Kunst als Antifiktion" in: Odo Marquard (Hrsg.) *Aesthetica und Anaesthetica: Philosophische Überlegungen*. Paderborn, München, Wien, Zürich: Ferdinand Schöningh, 1989を参照。

産物と言ってよいだろう。)

〈経験〉という概念そのものが実は両価性を持っている。日常的な語法を見ればわかるように、経験とはまずは何らかの社会的または技術的能力の指標であり、ある種の権威の源泉である。原則として伝達や教授のできない何か、理論的、実践的な知性のカバーできないものと考えられる。たとえば年輩者の〈人生経験〉が若者の Naivität（未熟さ、ナイーヴさ）に対置される。„Du wirst schon noch deine Erfahrungen machen.“ おまえもそのうちわかる時が来るさ。それは〈自ら〉獲得しなければならないなにものか（*deine* Erfahrungen）である。しかしまたこれには „Es gibt nichts Neues unter der Sonne.“（日の下に新しきことなし）という経験則が伴ってもいる。他方で、すでにこれまでのところで前提してきているように、経験には特異性が結びつけられる。経験とは一般的・普遍的なものに対立し、理論に対立する。経験には一回性、反復不可能性が伴う。そして個人はその〈個人的経験〉によって個人としての承認を求める。[16]

ここにはすでに途方もない矛盾がある。「おまえもそのうちわかるさ」といなす人間は、自分の経験によってすでに何かを知っている人間である。しかしこのセリフ自体、「おまえ」が「おれ・わたし」と同じことをいずれ知るだろうと言っているのであって、つまり同じ経験の反復の予告なのである。多分、この矛盾が逆に調和的に働くことによって（こそ）ある種の力を発揮すると見えた時と場所があったのだ。たとえばあの天才美学。唯一的にして普遍的なもの。（また、たとえばあの『高校生のための文章読本』）。

いずれにせよ、19 世紀半ば以降の美学、哲学において強化された〈経験〉概念は、特異性、一回性、個人性の強調に向かう。たとえばディルタ

16　Hermann Krings, Hans Michael Baumgartner, Christoph Wild Hrsg., *Handbuch philosophischer Grundbegriffe 2*. München: Kösel Verlag 1974, 374 を参照。

イ的な〈体験〉概念。手近な哲学小辞典には次のように書かれてある。

> **Erlebnis**: bedeutungsvolle Erfahrung, die als Bereicherung der eigenen Persönlichkeit empfunden wird.（体験：自身の人格を豊かにするものと感じられる重要な経験）[17]

こうした意味での〈経験〉は、明らかに「ひとつのモダンなフィギュール」（リオタール）である。

> そこではまずひとつの主体、〈私〉という審級、一人称で語る誰かが必要だ。そこでは、過去、現在、未来を常に、捉え難い現在の意識を起点に眺めるという立場がとられる、アウグスティヌスの（この上なくモダンな著作）『告白』第十一巻タイプの時間配置が必要である。これら二つの公理があればすでに、私はすでにもう今の私ではなく、私はまだ今の私ではない、という経験の本質的な形態をつくり出すことができる。［……］第三の公理とは、世界とは、主体の外にある実体ではなく、主体が自己に到達するために、生きるために、自己疎外する〔自己を喪失する、自己と訣別する〕場たる諸客体の共通の名称だということである。[18]

問題化の過程はつねにすでに崩壊の過程でもある。ニーチェの言う意味でのニヒリズム。つまり経験概念に価値が付与されたときから、経験の死は確認され続けている。（ここに名の挙がっているアウグスティヌスが、その『告白』によって、〈自伝〉の創始者とも目されていることに注意しておこう。[19]

---

17 Heinrich Schmidt, Georgi Schischkoff. *Philosophisches Wörterbuch*. 21. Aufl. Neu bearb. von Georgi Schischkoff, Stuttgart: Kröner 1982. [Kröners Taschenausgabe; Bd. 13] 166.

18 リオタール『経験の殺戮——絵画によるジャック・モノリ論』横張誠訳、朝日出版社、1987 年、9-10 頁。

19 たとえば、Roy Pascal. Artikel: Autobiographie, in: *Das Fischer Lexikon. Literatur* II, 1. Teil, Frankfurt am Main: Fisher, 1965, 79 を参照。

またブルクハルトは、〈伝記〉というジャンルの本格的な成立を、〈個人〉の発展とともに、イタリア・ルネサンスに帰している。「中世の終わりにいたるまで、伝記として存在する多くのものは、実はその時代の歴史にすぎず、讃えられるべき人間の個性にたいする感覚もなしに、書かれたものである[20]。」そしてまたブルクハルトの考えているルネサンス人の代表格ペトラルカにとって、他ならぬ『告白』は「愛読書」であった。この奇妙に近代的な書物を象徴的な媒介として、ペトラルカは近代と中世とに二重に繋がっている[21]。）

そしてこの〈経験〉の崩壊。

> 経験の顛覆とは何から成るものだろうか。それは、もし〈私〉に実在性がなかったとしたら、もし、経験を蓄える時間の弁証法がなかったとしたら、もし世界が、自らを知るのに、主体の疎外を必要としないのだったら、という疑惑から成るのである[22]。

この三種類の崩壊は至るところで、そしてもちろん『幸せではないが、もういい』の中でも、確認することができる。たとえば単なる喪失の過程としての時間、到来し実現することのなかったことがらの累積としての時間。たとえば先に挙げた〈読書〉の母親にとっての意味。「文学が彼女に教えたのは、今後は自分自身のことを考える、ということではなく、それにはもう遅すぎる、ということだった。アノ頃ナラコレコレノ役ヲ演ズルコトモデキタハズダノニ」(68)。またたとえば「ちょっと比喩的な言い方をすれば、彼女はもはやマダ一度モ白人ヲ見タコトガナイ原住民ではなかった。彼女は一生家事ばかりといった人生とは違う人生を想像することができた。[……] ナラバ、ダッタ、ダロウニ。実際にあったのは、人間とい

20　ブルクハルト『イタリア・ルネサンスの文化』柴田治三郎訳（中公バックス、世界の名著 56）、中央公論社、1979 年、373 頁。

21　ペトラルカ『ルネサンス書簡集』近藤恒一編訳、岩波文庫、1989 年。特にヴァントゥウ登山に関する書簡（57-79 頁）参照。

22　リオタール、前掲書、11 頁。

う小道具を使った自然という芝居。そして、この小道具は徹底して非人間化されていくのだった」(62)。経験を蓄える時間の弁証法は成立しない。

◇

実際のところ、『幸せではないが、もういい』の主人公、つまり母親は、彼女をめぐる生活世界とともに、ほとんど社会学的な限界例、経験や主体といったモダンな形象のほとんど完全な陰画のように描かれている。〈私〉の実在性は極めて疑わしい。

前近代的なオーストリアの地方。宗教と慣習と習俗の支配。貧困。しかも、女であること。「こうした環境に女として生まれるということは、ことの初めからすでに致命的なことだった」(17)

経験の破壊をリオタールのように「資本主義的技術科学の浸透」に帰するのはあまり正しいとは思えない。それは一つの因子に、〈経験〉を殺す一つの方法にすぎない。もちろん、リオタールは急いで付け加える。「浸蝕は、鋭い感性の持ち主たちにとっては、十九世紀から始っている。シュレーゲル、ボードレール、ポー、ディ・クインシー、マラルメたちが最初に、この危機から美学上の結論を引き出すのである[23]」。

たとえばファシズムもこの崩壊の一因に数えることができるだろう。そしてそれも、『幸せではないが、もういい』の中に書き込まれている。しかしそれも一つの要因にすぎない。ともかくもそうだった、ということだ。〈経験〉がモダンに属するものであるからには、前近代的なイナカには〈経験〉や〈個人〉はあり得ないわけだ。（しかし「前近代的なイナカ」というのも、一つの虚構ではないのか。再び、ジャンルの規則。）——ともかく、

23　リオタール、前掲書、10頁。もちろんリオタールの論脈はここでのそれとは少々ずれる。彼はモノリの絵画について、「絵画による経験の殺戮」を論じているのだから。

たとえばブルクハルトはイタリア・ルネサンスの「個人の発展」を論じた章でこう書く。

> 中世においては、意識の両面――外界に向かう面と人間自身の内部に向かう面――は、一つの共通のヴェールの下で夢見ている、ないし半覚醒の状態であった。[……] 人間は自己を、種族、民族、党派、団体、家族として、あるいはそのほか何らかの一般的なものの形でだけ、認識していた。[24]

だが、都市にあっても事情は大して変わらない。実際は、都市もまた十分にイナカ、ムラでありうるのだ。戦後、ベルリン。主人公は（都）市民的なスタイルを身につける。目立たぬために。「別の人間になるためではなく、一つの〈タイプ〉になってしまうために。戦前タイプから戦後タイプに。山出しの娘から大都市の生き物に。〈大柄、痩せ型、髪は褐色〉。ここでは人間を表すのにそれだけで足りた」(40)。やはり、肝心なことは、他のあらゆるモダンな形象とともに、〈経験〉もまたことの初めからニヒリスティックな形象だったということ（にすぎないの）ではないのか。

また少し話を戻そう。体験、つまり優れた意味での（すぐれてモダンな意味での）経験が、あの哲学辞典が言うように、「自己の人格を豊かにするものと感じられるような種類の経験」であるとすれば、そこには当然〈学ぶ〉という形象が入り込む。『幸せではないが、もういい』は、この点についても、いくつかの箇所で語っている。一つのサンプル系列として取り出してみる。

---

24 ブルクハルト、前掲書、194頁。訳文の一部改変。(*Die Kultur der Renaissance in Italien*, Stuttgart 1976, 123) このブルクハルトに対して、〈個人〉とはそもそも何らかの〈集団〉とのかかわりでのみ生じてくるものだ、という歴史学の枠内での明快な反論があることには触れておくべきだろう。Natalie Z. Davis. *Frauen und Gesellschaft am Beginn der Neuzeit*. Frankfurt am Main: Fisher, 1989 参照。

> そもそものはじまりは［この物語には「そもそものはじまり」が2回ある。これはその二番目の方である。最初の方についてはまたあとで触れる―引用者］、私の母が急にある意欲を持ったことだった。彼女は学びたいと言い出したのだ。子どもの時分、勉強している（lernen）ときには何か自分自身というものを感じることができたから」(20)

彼女は学校時代には「利口な子」だったのだ。経験概念自体が抱える〈反復〉の契機が〈学ぶ〉ことにおいてはとりわけ強く現れるとはいえ、この引用が示しているのは、確かに〈経験〉への身仕舞いである。意志する主体、学ぶこと、「自分を感じる」こと。だが、

> 学ぶなどということは単に子どもの遊びにすぎず、義務教育が終わって大人になれば必要とされなくなるのだった。女たちは今度は家で、将来の家庭生活に馴染んでいくのだった。(18)

だから当然、学校を出てしまった彼女の「学びたい」という希望は聞き容れられない。しかし土地の人間のあいだには「妊娠、戦争、国家、習慣、そして死」といった「既成事実に対する伝統的な尊重」があったから、彼女は自分で家を飛び出す。

> 私の母が15か16でさっさと家を出て、湖畔のホテルで料理の勉強（lernen）を始めたとき、祖父母は好きにさせておいた。あれはともかく行ってしまったんだから。それに料理で学ばなければならないことなど大してなかった。」(20)

「学ぶことなど大してなかった」。〈経験〉の挫折がここにも現れる。そして周囲の社会が認めてしまう「既成事実」に属するものはもちろん〈経験〉ではあり得ない。それはつねに変わらず反復されるものであり、他ならぬ承認によって、ただちに〈意味〉を奪われる。世界は自らを知るのに

主体の疎外を必要としない。

◇

叙述の対象に非人格性の色彩を付与しているものは、ここで選択されている文体のレベルにも認めることができる。多く母親を指して用いられる非人称主語“man”（主体が誰とは名指さずに済ませるための代名詞で、不定代名詞と呼ばれる）や、〈印象派〉文学が好んで用いるとされる名詞文[25]。名詞文をハントケもまた多用する。それは実際〈印象派〉的な効果を上げている場合も多い。だが『幸せではないが、もういい』の中でそうして提示される一つ一つのモノは、そこに働きかけるべき人間が構文上も不在であることによって、主人公と主人公をとりまく生活の非人格性を浮かび上がらせる効果をしばしば与えているように思われる。

これはやはり叙述の問題なのだろうか。経験、個を書き記そうとする欲望と並んで、それと正反対に、始末をつけてしまいたいという欲望があることは先に触れた。フロイトの言葉で言えば「喪の作業」ということになるだろう。そもそも当の人物の自殺によって物語は書き始められ、物語が始まっているということ。つまり作者の母親の死の直後、この物語は書き始められたのであり、またこの物語の冒頭に置かれているのは、ケルンテンの新聞の「雑報欄」に掲載された、母親の自殺についての記事であった。『ゴールキーパーの不安』では、物語の中程に位置する殺人が、以後のあらゆる出来事、主人公のあらゆる知覚の意味を変える。『幸せではないが、もういい』ではこれにあたる事件——母親の自殺——は作品の始まる前に位置するとともに物語の結末をなし、ことの初めから作品の全体をある種の〈意味〉へと差し向けている。（このこと自体、数多くの〈先例〉をもつだろうことは言うまでもない。たとえば『イヴァン・イリイチの死』。しかしトルストイにとっては最初から一つの〈類型〉を描き出すことが主眼であった

25　Bernhard Sowinski. *Deutsche Stilistik: Beobachtungen 2ur Sprachverwendung und Sprachgestaltung in Deutschen.* Frankfurt am Main, 1978, 137 を参照。

はずで、ハントケの場合のような、二つの欲望の相克はない。)

たとえば、(息子とともに始めた読書による) 自己意識の獲得と、あらゆる主体的経験や変革の不可能性。この緻密に描き込まれた二つの要素、そのあいだの齟齬から、自殺が必然的な結果として説明されうるように見える。実際、レンナーは得々とそう説明している。[26] しかしこの解釈、こうした還元が決して無理ではないこと、そのことこそ、『幸せではないが、もういい』という作品の、したがってまた〈母親〉の、悲劇なのではないか。女の一生に予言すべきことなどないという予言 (17) に確認の印が捺される。

冒頭に置かれた新聞記事それ自体は極めて簡潔なものである。日本語の自殺報道であればほとんど必ず書き込まれ、特定できなければ「不明」とされ、その存在自体は疑われることのない「動機」なるものへの言及はまったくない。しかしこれは「動機」など信じられていないからか、それとも「動機」もまた言わずと知れたもの、よくある「既成事実」の一部だからか。(掲載されていた紙面は「雑報欄」であった。) 自殺という〈母親〉の唯一の意志的行為。(そうハントケは書いている。)「動機」とは「意志」にとって何であるのか。

物語の始めと終わり、人生の始めと終わり。「伝記」であってみれば、両者がほぼ一致するのは稀なことではないだろう。しかしこの作品では、最初からあらゆる出来事は欠如と挫折と抑圧の影を伴い、ひたすら死に向かって運動しているように見える。死、つまり母親の自殺が、全ての意味をあらかじめ染め上げている。終末が、文字通りの始まりである。「死の先取り」に基づく時間性。始め＝終わり。「だからことの始まりはと言えば、私の母が50年余り前に、彼女が死んだのと同じ土地に生まれたとい

26 Rolf Günter Renner. *Peter Handke*. Stuttgart: J. B. Metzler, 1985. [Sammlung Metzler: M218].

うことだ」。(12, これが第一の「ことの始まり」である。) いよいよ母親の物語を語り出すこの一文、誕生について語りながらすでにその死を示唆しているこの一文は象徴的だ。

しかし「死の先取り」をしているのは母親ではない。自殺の直前までは。それを先取りしているのは著者、語り手、読者である。そしてそれも現実の死のあとである。〈私〉の死の先取りは、〈私〉にとってあるいは〈経験〉を可能にするかも知れない。三人称の死の先取りは、単にその彼なり彼女なりを私が始末する一つのやり方にすぎないのではないか。

かたを付ける、距離設定する、という一方の欲望。〈書く〉こと自体が「思い出す」＝「疎遠に感じる」ことを要求する。

> 私は書くことによって、それを私の人生のすでに完結した一こまとして思い出し始める。そして思い出し、言葉に表そう (formulieren) と努力するには、先週の長い白日夢がすでに疎遠に感じられるようになっていなければならない。(10)

この距離設定が困難なことが作品の中程で語られる。

> 私が距離を取ることができるのは自分自身からだけだ。[……] 母を文章の中に閉じ込めることはできない。彼女を捉えられぬまま、文章は闇めいたもののうちに墜落していき、紙の上でばらばらな軀(むくろ)を晒す。(47)

そして終わりのページでのその「喪の作業」の失敗の確認。[27]

> 書くことが私の役に立ったというのは正しくない。この物語にかかずらわっていた何週間かのあいだ、この物語は私をわずらわすことを止めなかった。書くということは、私が最初思っていたような、私の人生のすでに完結したある時期を思い出すことではなく、文章のかたちでの絶えざる想起の身振り、距離設定をしているとただ称しているだけの身振りにすぎないのだった。(99)

ひょっとして、この失敗においてこそ、〈母親〉の〈個〉は救い出されているのではないか。そう、そもそもの始めに、こう言われてはいなかったか。

> ひとはいま自分が体験したことが、理解も伝達もできないものだ、という感情が必要なのだ。そうして初めて、あの驚愕も意味のある、リアルなものに思われるのである。(8)

ではそのことと、作品の最後にぽつんと置かれた一文とはどのようにかかわりあってくるだろうか。マグリットはパイプの絵の下にあっけらかんと「これはパイプではない」と書きつけた。ハントケは終わりに向けて次第に断片的になっていくこの作品の最後にこう呟く。

> あとでまたこのすべてについて、もっと正確なところを書くことにしよう。(105)

---

27 この「失敗」は『幸せではないが、もういい』の「語り手」にとってのものであって、「作者」ハントケにとってはこの作品によって「喪の作業」は果たされていると見るべきなのかもしれない。母親の特異な死にあって、母親についてともかく何かを書くことで初めてさらなる創作活動を続けていくことができた、ということは十分推測しうる。

マグリットと違って、「これは私の母親ではない」とは書かれていない。しかしだからと言ってこれは単なる挫折の確認や将来に託された希望の表明といったものではない。少なくともやはり類似性を同一性と混同する認識体制が揺るがされているのだ、少なくとも。そしてここでわれわれは改めてあのニーチェの言葉に連れ戻される。

批評（あるいは作品について論じること）は、およそ批評するに値する作品であるならば、その作品の〈個〉を掬い上げるという課題をつねに負うだろう。（「値する」というときの〈価値〉と、〈個〉というのはある意味で、しかももちろんモダンに内属した、トートロジーである。）ここで論じ（ようと試み）得たのは、ハントケでも『幸せではないが、もういい』でもなく、たかだか近代文学一般（の一側面）にすぎなかったということかもしれない。

あとでまたこのすべてについて、もっと正確なところを書くことにしよう。

カント『啓蒙とは何か』を読む

―― 分割と迂回

「啓蒙主義」と言えばひとがすぐに思い浮かべるであろうこのある意味古典となった論文が、しかし1784年9月30日という日付をもち、したがって「啓蒙の世紀」のほとんど終わりに書かれていること、さらに時代の一般的自己理解（セルフイメージ）を代表するものでもないということに、まず注意しておくべきだろう。カントのこの『啓蒙とは何か』があたかも時代の一般的な自己理解を代表するもののごとく見られるようになったのは、19世紀末以来のことのようだが、しかしカント自身も、彼の同時代人も、この論文を重視することはなかった[1]。また Aufklärung（啓蒙）という語の扱いも、そこから展開される内容も、カント独自の刻印を帯びており、決して一般的なものではない。啓蒙という語そのものは、カントの全著作、全体系の中で重要な位置を占めてはいない。だがまたそれはカントの中心問題の一つのパラフレーズなのであって、問題は単なる言葉の定義にはない。と同時に、この論文が啓蒙の世紀の終わりに位置するとしても、それが単に啓蒙の世紀への回顧的な決算である[2]ということにはならない（「啓蒙」とはカントにあっては後述するようにそもそも時代概念ではない）。以下に見るように、ことは時代の現実的問題に密接にかかわっている。本稿は、「下からの啓蒙」の完成と言われもするこの『啓蒙とは何か』が、政治的プログラムの提示であると同時にその実践でもあることを確認し、その構造を概念史研究などを参照しつつ明確にしようとするものである。

1　カントの啓蒙概念

> 啓蒙とは、人間が自分自身に責めのある未成年状態から抜け出すことである。未成年状態とは、他人の指導なしに自分自身の悟性を使用することが

1　このあたりの事情については、Stuke 1972を参照。
2　たとえば、大津 1986における扱いを見よ。

できない状態のことである。(53)[3]

カントにあっては、啓蒙＝Aufklärungとはまず純粋な過程概念（nomen actionis)、啓蒙の過程のこと（「未成年状態から抜け出すこと」）であって、その結果である啓蒙された状態（der Zustand der Aufgeklärtheit）とは区別される[4]。この啓蒙論文の中で、カントは、「我々が生きているこの時代は啓蒙された時代であるか？(Leben wir jetzt in einem aufgeklärten Zeitalter?)」という問いを立て、自ら答えて言う。「否、しかしおそらく啓蒙の時代である。(Nein, aber wohl in einem Zeitalter der Aufklärung.)」(59)（ここで不定冠詞を付されていることから、Aufklärungが時代概念とは見なされていないことも知られる）。つまり、啓蒙が完了している（aufgeklärt）わけではなく、まさに啓蒙の途上にある時代、過程としての啓蒙Aufklärungのただ中にある時代という認識である。もっとも、前年、1783年の『プロレゴメナ』の中では「我々の思索の時代、啓蒙された時代（ein aufgeklärtes Zeitalter)」という言い方をしており、この啓蒙論文ではつまり同時代に対する評価変更を行っていることになる。しかしこれは彼の啓蒙概念の変化ではない。引用の定義に明らかなように、カントの啓蒙にとって構成要件となっているのは、一定の思惟様式と、認識能力の一定の使用の形式原理であって、対象的（客観的）・質料的基準を含まない。問題は知識ではなく思惟のしかた、客観的内容ではなく主観的形式にある[5]。このことは、たとえばシラーの次のような言葉と比べて際立ったものがある。

3　カントの著作からの引用は次の版による。Immanuel Kant. Werkausgabe. (12Bde.) Hrsg. von Wilhelm Weischedel, Frankfurt am Main (stw), 1974–1977. 引用指示は巻数と頁数による。第XI巻所収の『啓蒙とは何か』„Beantwortung der Frage: Was ist Aufklärung?“ については頁数のみを記す。また文中ではこれを「啓蒙論文」と呼ぶこともある。

4　このあたりのカントの啓蒙概念の特質の整理に関してはStuke 1972に多くを負う。ただし、Stukeのようにカントの啓蒙概念の揺れを強調する立場は採らない。

5　Stuke 1972: 265.

時代は啓蒙されています。つまり、少なくとも我々の実践的な原則を正すに十分な知識は見出され、公然（öffentlich）となっています。[6]（強調引用者）

すでに「啓蒙されている」という同時代評価――この違いは単にカントとの10年の隔たりに帰せられるべきものではないだろう――とともに、もっぱら知の対象、知識が問題とされていることが見て取れる。これに対してカントでは、知識の多寡や普及はもちろん重要ではあるにしても、さしあたり啓蒙の本質にはかかわらない。啓蒙とは未成年状態（Unmündigkeit）から成年状態（Mündigkeit）への移行、与えられた知識のドグマティックな受容から自らの理性による吟味への思惟様式の変更、「自ら考える」（Selbstdenken）ことへの思惟様式の変更（Reform der Denkungsart）（55）のことだとされる。初めに引用した冒頭の一節の言葉では、他人の指導なしに自分自身の悟性を使用できるようになること、である。これは人間一般の成年状態（Mündigkeit）、倫理的自律の表現であって、「あらゆる人間の使命（Beruf jedes Menschen）」（54）だとされる。カントは『判断力批判』（1790）の中でも、先入見からの解放を啓蒙と呼び、それを「自ら考えること」（Selbstdenken）の格率に集約している。[7]ただし『判断力批判』のこの箇所に付された注では、啓蒙は容易なことではないと言い、啓蒙論文の一見楽観的なトーンとの違いが注目される。[8]

なお、論文冒頭の啓蒙の定義にかかわる部分では、上で見たように、成年状態 Mündigkeit、未成年状態 Unmündigkeit、後見 Vormund といった法律概念が組織的に用いられているが、このことはカント的な自律概念の性格を考えるときに重要になってくる。

以上のような啓蒙の定義に続いて、カントは、個々人単独の啓蒙は困難であるとして、啓蒙を公衆 Publikum に定位する。（Publikum はとりあえず「公衆」と訳しておく。これについては3章で取り上げ直す。）

6　Friedrich Schiller. *Über die ästhetische Erziehung des Menschen* (1794), 8. Brief.

7　Selbstdenken の定式自体は、Ch. ヴォルフに遡る。Hinke 1973: XVI–XVII 参照。

8　Bd. X, 226.

> 個々の人間にとっては、ほとんど本性になっている未成年状態から抜け出そうと努めることは困難である。それどころか、ひとが彼に脱出の企てなど決してさせようとはしなかったため、彼はこの状態を好むようにすらなっており、目下のところ彼自身の悟性を使用することができなくなっている。さまざまな規則や定式という、彼の自然的素質の理性的使用——というより誤用——のための機械的道具は、未成年状態を永続せしめる足枷である。たとえこの足枷をはずすことができたとしても、ごく狭い溝をおぼつかない様子で飛び越すのがやっとであろう。彼はこういう自由な動作に慣れていないからである。(54)

未成年状態にあることは快適であり、「後見人」たちは、自由を求めた場合の危険を強調することで啓蒙を妨げる。だが、

> しかし公衆が自らを啓蒙することはむしろ可能である。それどころか、彼らに自由を与えさえすれば、このことは必ず実現すると言ってよい。(54)

だがまた公衆自体も、後見人たちのもとで未成年状態にとどまろうとする傾向をもつので、

> それゆえ、公衆は徐々にしか啓蒙へ達することができない。革命によって、個人的な専制政治や、獲得欲あるいは支配欲による圧政から抜け出すことはおそらく可能であろう。しかし思惟様式の真の改革は決して達成されないだろう。その代わりに、新たな先入見が、旧い先入見と同様、無思慮な群衆の習歩紐の役割を果たしてしまうことになろう。(54-55)[9]

ここでの啓蒙の公衆への定位に際して、公衆は集合的自己啓蒙の主体として、両義的な地位を与えられていることが注目される。公衆はこれから

9　ここに現れる革命の問題については、のちに少々触れる。この『啓蒙とは何か』が書かれたのが仏革命勃発以前の1784年であったことは注意しておきたい。

啓蒙されるべきものでありながら、同時にすでに、自らの理性を用いて論議することができるとされているのである。

2　分割 —— 理性の私的使用と公的使用

さて、この自ら考えること(Selbstdenken)への思惟様式の変革(Reform)、つまり啓蒙を実現するための条件としてカントが要求するのが、「理性の公的使用の自由」である。ここで理性の使用とは理性によって語ることであり、したがって、要求されているのはある種の言論の自由、論議の自由である。

> このような啓蒙のために必要なのは自由だけである。それもおよそ自由と称されるもののうちもっとも無害な自由、すなわち自分の理性をあらゆる点で公的に使用する自由である。[……] 自分の理性の公的な使用はつねに自由でなければならない。そしてこの公的使用のみがひとびとのあいだでの啓蒙を実現しうる。しかし理性の私的使用はしばしば著しく制限されてよい。そうしたからといって啓蒙の進歩は特に妨げられることはないのだから。[……] しかし自分自身の理性の公的使用ということで私が考えているのは、あるひとが学者として読書界の読者公衆(Publikum)全体の前で理性を使用することである。私的使用と私が名づけるのは、あるひとが、彼の任ぜられた公民的地位あるいは公職においてなすことを許される使用である。(55)

こうした理性の分割、より正確に言えば理性が使用されるべき領域の分割について、カントは官吏、将校、納税者としての公民(Bürger)、聖職者について具体的に述べている。あとのわれわれの議論との関連で重要な概念が出てくるので、その官吏に関する部分を引用しておきたい。

> 国家共同体(das gemeine Wesen)の利益を旨とするいくつかの事業のために、国家共同体の若干の成員を用いて、彼らにもっぱら受動的状態をとる

ことを要請する一定の機構（メカニズム）が必要となる。［彼らが受動的態度をとらねばならないのは］政府（Regierung）が彼らを人為的に国家共同体の（öffentlich）諸目的に従わせ、少なくともその目的の達成を阻害させないためである。その限りで、もちろん論議は許されない。ただ服従あるのみである。しかしこの機構（Maschine）の部分［を成す者］が、同時に自己を一つの国家共同体全体（ein ganzes gemeines Wesen）の一員、それどころか世界公民社会（Weltbürgergesellschaft）の一員と見なす限りでは、つまり本来の意味における読者公衆（Publikum）に著書を通じて訴えかける学者の資格においては、論議しても一向に差し支えない。(55-56)

こうしてこの分割は、フリードリヒ自身の、「君たちはいくらでも、また何事についても、意のままに論議せよ、しかし服従せよ！」(55, 61）という言葉に要約的に一致するとされるわけだが、論者たちはしばしばこの分割を、国家と啓蒙の対立を回避するための妥協と見なしてきたし[10]、さらにはここでカントは政府のスポークスマンを演じているのだという解釈すら見られた[11]。確かにフリードリヒ政権下でのツェドリッツら進歩的官僚とカントとは志を同じくしており、また彼らの啓蒙主義的改革の具体的プログラムが政府の権力なしには遂行し得ないものであったことは事実であろう。しかし18世紀は「啓蒙の時代、フリードリヒの世紀である」といった文中各所に挿入されるフリードリヒ賞賛は、字義通りの讃仰というよりは、フリードリヒの治世も終わりに近く、少々雲行きの怪しくなってきた時期にあって、少なくともカッシーラーやシュナイダース[12]の言うように、来るべきヴェルナー Wöllner の反動政治に対して、フリードリヒをモデルに高めることによって牽制するものと見るべきだろう。さらにはまた晩年のフリードリヒ自身に対してすら向けられている —— 言わば褒め殺し —— と見ることもできるように思われる。この仮定が正しいとす

10　たとえば Schneiders 1974 など。

11　Beyerhaus 1921.

12　Cassirer 1918, Schneiders 1974.

れば、カントがこのテクストで採用している一つの重要な戦術がここに現れていることになる。この戦術は言語行為のレベルに属し、文のモードゥスにかかわる。カント自身の理論上の要請から導き出される規範命題が、あたかも事実命題であるかのように示される。つまり、相手が規範に適っていると断言することによって、相手を称揚すると同時に、この規範から逃れる道を封じようとするのである。幼児に向かって、「○○ちゃんはいい子だからおイタはしないね」などと言う場合を想起されたい。「フリッツちゃんはいい子」なのだ。この奸計を仮にF戦術と名づけることにしよう[13]。実際、カントの「啓蒙論文」が出た1784年12月、フリードリヒ自身が次のような勅令を出している。

> 私人（Privatperson）は、君主や宮廷やその国吏、閣僚、判廷の、行動、手続き、法律、措置、命令などについて、公的（öffentlich）な判断、まして非難にわたる判断を下したり、これらについて入手した報告を公知させ、あるいは印刷によって流布したりする資格はない。私人には事態や事由についての完全な知識が欠けているから、彼らにはこれらについて判断する資

13　このイローニッシュで戦略的な狡知の特質についてはより立ち入った検討が必要だと思われるが、ここでは次の点を指摘するにとどめる。多くの場合、この戦術は潜在的にもせよ仮言命題の形をとっている。カントは『純粋理性批判』の中で仮言命題は二つの蓋然的判断からなると説明し、次のように言っている。「蓋然的判断とは、その肯定もしくは否定が単に可能的（任意的）と見なされるような判断である」。そこでカントは「もし完全な正義があるならば、不逞な悪人は処罰される」という例を挙げている。この命題は「元来二つの命題〈完全な正義がある〉と〈不逞な悪人は処罰される〉との関係を含む。この両命題がそれぞれそれ自体真であるか否かはここでは決定されない」（B98: Bd. III, 113）。これら個々の命題は「実然的に発言されたものではなく、単に任意的な判断として言われているにすぎない。つまり、誰かがそのようなことを想定したり考えたりすることが可能であるということにすぎないのであって、帰結［両命題の論理的関係］だけが実然的なのである」（B100: Bd. III, 115）。ところで、われわれのF戦術の単純化したモデルを考えてみるならば、次のようになろう。「もし君主が賢明（良い、利口――何であれ、肯定的な価値判断を表現する賓辞――ならば、彼は文筆の自由 etc. を認めるであろう」。規範命題を記述命題（実然的命題）とすり替えるこの戦術の一つの根拠は、価値判断とこの蓋然的命題の言語的特質との組み合わせにありそうである。

格もまったくないのである[14]

この勅令は——ここで君主や宮廷は複数に置かれており、文脈上プロイセン国内よりは外交上の配慮から諸外国の政治についての発言を封じたものであるにせよ——カントの描く「いい子」としてのフリードリヒ像に背馳している。このことは、カントのテクストが単なる事実の記述とその賞賛ではなく、戦略的な性格をもっていた可能性を示唆する。(と同時に、カントのF戦術自体の有効性そのものも疑問に晒されることになるが、その点についてはのちに改めて触れる。)

カントの啓蒙が自己啓蒙、少なくとも公衆に定位した集合的自己啓蒙であることが、「何事も人民のために、しかし何事も人民によらず」という啓蒙絶対主義とはすでに対立していることは言うまでもない。絶対主義と啓蒙主義との関係はそれ自体複雑なものであり、一面的な把握を許さないが、このカントの『啓蒙とは何か』に関する限りでは、やはりその微妙な緊張関係の方が注目されるべきだと思われる。フリードリヒが讃えられているのも、自ら考えること (Selbstdenken) を核心とするカントの啓蒙規定からして当然のことながら、啓蒙のための障害を進んで除去したという消極的な役割に対してのことに限られている。

分割の問題に立ち戻るなら、この分割は、一面では時代の現実に即したものにすぎない。たとえば西村稔は、産業社会の未成熟から当時の文筆家はまた多く官僚である他なかったと指摘し、ドイツ啓蒙主義を担った階層、つまり啓蒙官僚の二面性からこの分割を説明している[15]。当時の一般的な社会構造に対応するものであるがゆえに、メンデルスゾーンらに類似の分割が見出されもするわけだ。しかしここで注意を向けたいのはカントにおけるこの分割の独自の意義であり機能である。矛盾に対して概念分割

14　Habermas 1962: 40 の引用による。
15　西村 1983。

をもって解決するのは、議論のレトリックにおいてしばしば用いられる手段だが[16]、実のところ、この「分割」の挙措はカントの全著作を貫いており、彼の思惟の、あるいは体系構築の、一つの重要な基本方法、基本操作をなしている[17]。たとえば三批判書の狙いが、単純化して言えば、諸能力を分割し、そうすることによって各々の能力の自律的な上位形態を見出すことにあったということが想起されよう[18]。カントにあっては分割は介入の排除、制限の制限としてつねに自律の確保という課題と結びついている[19]。したがって、この『啓蒙とは何か』においても分割の操作は消極的な妥協というよりも、絶対王政と対峙していく上での積極的な戦術と見ることがおそらく可能である。ここで分割は、政府あるいは教会の「機構」の一員としての従属から自律的理性の自由を救い出す戦術となっているのだ。分割によって他者の支配の及ばぬ領域を確保すること。この戦術を、カントは幾度となく繰り返す。啓蒙論文のパタンに最も近いのは1798年の『諸学部の争い』で、そこでは国家の道具としての上級三学部に対して哲学部を区別し、哲学部を上級三学部の内容をも含めたあらゆることがらの理性による法廷にすべきだと論じている。啓蒙論文ではこれがさらに迂回の戦術とでも名づけるべきものと結びついて、カント独自の戦略を形作っていることを、もう少しあとで明らかにできるはずである。

◇

さて、このカントの『啓蒙とは何か』の分割においてとりわけ注目されるのは、公的・私的という用語が、われわれの通常の語法に対して一見逆

16　Perelman 1977: 139-151.

17　Cassirer 1918:「後年の体系の特徴的な根本契機の一つを形成する分離」(14).

18　Deleuze 1963: 8-9 の定式化による。

19　上級学部／哲学部、ドグマ的／批判的といったカント的な二項対立（分割）のセリーはいくらでも増やすことができる。歴史的認識／理性的認識、仮言命法／定言命法など。また制限の制限という点では、法のもつ強制の権能について、カントは力学的イメージに基づいて（概念の「構成」、アプリオリな純粋直観における法概念の抽出）、「自由の妨害の排除」と言っている。(Bd. VIII, 338)

になっていることである。「私的」とは公人である官吏の、「公的」とは私人である学者としての、理性使用の修飾語である。この「逆転」を、かつて私的とされた文芸が私的公共性を経て政治的公共性を獲得する過程の表現だとする説明[20]は、文芸に着目し、その地位の変遷を説明するものである限りで誤りではないにしても、しかし不十分であると言わねばならない[21]。大抵の二次文献が奇妙な、通常とは逆の、と須臾の注意を払うのみの、また西村、ヘルシャー[22]などが挑発的な、強引な逆転と見ているこの語法は —— その挑発性は認めるにしても —— むしろ村上淳一が言うように、カントが依拠している伝統的な国家共同体の観念から理解されるべきものと思われる。そこで、カントの国家概念について、村上、マンフレート・リーデル M. Riedel などによりながら簡単に見ておきたい[23]。

カントは『人倫の形而上学』の中で、次のような定義を与えている。

国家 (Staat, civitas) とは、法律のもとにおける人間の一群の結合である[24]

ここで法律 (Rechtgesetz) とは、もはや旧来の身分制的な法秩序とは同一ではなく、他方でまた国家権力が任意の内容をもつものとして定立しうる近代法とも異なる。この法律は、各人の自由意志が調和するための外的条件として定式化された法 (Recht) の概念から導き出された、ア・プリオリな性格をもつものであり、その意味で、法律の形式は国家の形式、すなわち共同体への結合の規準としての法的原理に則した「理念における国家[25]」に他ならない、とされる。「このように国家(シュタート)を**法共同体**

20　Habermas 1962; 西村 1983。
21　実は非政治的な文芸的公共性から政治的公共性へというストーリー自体にも疑義がないわけではない。Schulte-Sasse 1980: 18 を参照。
22　Hölscher 1978: 445.
23　Riedel 1974, 1975; 村上 1968, 1979, 1983, 1985; Bien 1972 など。
24　*Die Metaphysik der Sitten*, Rechtslehre, §45: Bd. VIII, 431.
25　Bd. VIII, 337, 431.

としてとらえるかぎりで、カントの国家論は、常備軍と行政機構とを国家の本質的要素と見る新しい国家論（とくにヘーゲル）とは異質の、古い基層の上にうち立てられたものであった。[26]」

今日、「市民社会」と言うとき、それは一般に私的自治の原則に基づいた経済活動の領域を意味し、行政機構を備え暴力を独占した国家と対置される。しかし、このような市民社会および国家の観念は、17世紀以降徐々に広まってきたものにすぎない。それを決定的に定式化するのは『法哲学』（1821年刊）のヘーゲルだが、18世紀の末に至るまでは、アリストテレスにまで遡る伝統に従って、自由人ないしさまざまの自律的権力の形成する法共同体（Rechtgemeinschaft）こそが、〈国家ないし政治社会〉（civitas sive societas civilis）に他ならぬとされてきた。たとえばJ. ロックにおいて、civil society と political society は同義である。[27]カントもまたこの伝統の上に、その終端に位置する。『啓蒙とは何か』では先の訳文に示しておいたように、gemeines Wesen という言葉がこの概念にあたる。

ところで、この法共同体を形成する自由人とは、家長たちに他ならない。この伝統の源流にあたるアリストテレスは、国家（ポリス）の本質を政治社会（πολιτικη κοινωνια）つまり幸福な生活、徳ある生活のために結合した市民の共同体として捉えたが、そこで政治社会を構成するものとされた市民とは、非自由人に対して実力による支配を行うことにより家を単位とする労働と生産を統率した、自由人としての家長たちであった。この家長たち、自由人たちのあいだの相互支配、つまり実践（プラクシス）が行われるのが政治社会＝国家（ポリス）だが、そこでの支配は法による支配、正義に合した支配でなければならない。要約的に言えば、自立（自律）的な家長たちによって担われる法共同体、というのが、伝統的な〈国家ないし政治社会〉の観念の内容である。

そこでカントは、1797年の『人倫の形而上学』によれば、公民（Staatsbürger,

26　村上 1979: 6。

27　これらの概念は、さらに commonwealth, civitas に等置される。『市民政府論』§133 などを参照。

cives）を次の三つの属性から規定する[28]。第一に法律的自由、つまり自己の同意せざる法律に服さないということ。第二に、公民的平等、つまり相互に法的拘束を課し得ないような上位者を認めない。そして第三には公民的自立性として、他者に依存することなく自分自身の諸権利と諸力によって生存しうる者だけが、共同体の単なる部分たるにとどまらず、その成員として、他の成員とともに行為（handeln）するという。このうち第一、第二の原理は1791年のフランス人権宣言にも表れているものであって、政治社会の伝統に結びつきつつも、その一般的、抽象的な規定によって、旧来の身分制的法秩序を否定するものとなっている（これはカントにおける実践哲学の形式化と言われる特質であり、先に見た啓蒙概念の規定も同様の性質をもっている）。ところが、フランス人権宣言の第三の理念（Brüderlichkeit, fraternité）に置き換えられた公民的自立性とは、カントによれば「能動的公民」にのみ認められるもので、「受動的公民」には属さない。受動的公民とは、ある商人もしくはある手工業者に従属している職人、国家の職務に従事する以外の雇人、自然のもしくは法定の未成年者、すべての婦人、家庭教師、小作人など、「一般に自分自身の経営によらず他人の指図・管理（ただし国のそれは除く）によってその生存（扶養と保護）を維持する他ないあらゆる者」[29]のことで、彼らは公民的人格——つまり自立性——を欠くものとされる。これらは結局当時の家概念において、家の内部で家長の支配に服するひとびとである。公民的自立性を有するのはひとり家長のみに他ならない。

こうしてみれば、カントが分割の戦術で用いている公的・私的という用語も、むしろ古い伝統に基づくものであることがわかる。政治社会の一員として公衆に対する発言をなす自律的な理性使用は公的領域に属し、王、政府、教会などの支配に従属する部分は私的領域になる。「個人的な専制政治」(55) などという言い回しもこの文脈で捉えることができようし、「教会の会衆は［……］内輪の（häuslich）集まりにすぎない」(57) から、そこで

28 *Die Metaphysik der Sitten*, Rechtslehre, §46: Bd. VIII, 432. Bd. XI, 145 も参照。
29 同上 : 433.

聖職者が自分の理性を用いれば私的使用になってしまう、という論理は明らかにこの枠組みに属している[30]。また、「自分自身の理性を用い、自分自身の人格において（in seiner eigenen Person）話す自由」（57）と言うとき、この「人格」とは、帰責能力の認められる主体、つまり公民的自立性をもつ者の謂に他ならない[31]。あの Unmündigkeit, Mündigkeit, Vormund（未成年〔状態〕、成年〔状態〕、後見）といった一連の概念もやはりここに結びついている。未成年（状態）、成年（状態）は一面では悟性使用の能力によって規定されているものの、それはまた家長の自立性ということとも不可分である[32]。ドイツ観念論の思想的課題を自律的主体性原理の確立に見る古典的解釈はいまなお有効であろうが、しかしその際、特にカントについて、古い要素が積極的な役割を果たしていることを見落とすべきではない。つまりヨーロッパ近代において成立したとされる個人の自律なるものの背景には、むしろまず前近代、「旧ヨーロッパ」の政治社会＝法共同体を形成する家長たちの、支配を基盤とした自立というものがあり、この家長が国制史上の一般公民制の確立、私法史上の一般的権利能力の承認に相関して、抽象的な個人に一般化されていったのが近代だということになる[33]。

したがって、手短かに言えば、カントにあっては伝統との二重の関係が認められる。つまり一方で旧来の身分制秩序を否定するとともに、他方、家長の自立というぎりぎりの要件を残すことによって、法共同体としての〈国家ないし政治社会〉の伝統を継承する。それゆえに公民として 公衆を

30 この箇所の指摘は村上 1983 による。

31 「人格とは、その行為について帰責能力が認められる主体である。それゆえ、道徳的人格とは、道徳的諸法則の下における理性的存在者の自由に他ならない」（『人倫の形而上学』第一部序論 IV: Bd. VIII, 329）、「道徳的意味における帰責（imputatio）とは、ある者を、ある行為の起因者（causa libera）と見なす判断である」（同書：334）。

32 もっとも、カントは『人間学』の中の、Mündigkeit を説明する部分で、こんな逸話を付け加えている。「学者は家庭内での指図に関しては細君から未成年の状態に置かれているのが普通である。書物の山に埋もれていたある学者は、下僕がどこそこの部屋が火事だ、と叫ぶのに対して、『そんなことは家内に言ってくれなくては困る』と応えたという」（Bd. XII, 523）。

33 村上 1968 など。

構成するのは自律的な能動的公民なのである。『啓蒙とは何か』の冒頭で公衆を啓蒙の担い手と指定し、これに対して個々の人間の啓蒙が困難であるというとき、孤立的／集合的の違いの他に、人間一般と公民との区別も背後に含んでいると考えられる。

こうした点で、たとえばモーゼス・メンデルスゾーンはカントとちょうど逆になっていると見ることができる。カントの啓蒙論文とほぼ同時に独立して書かれた『啓蒙とは何かという問いについて』の中で、メンデルスゾーンは「人間の人間としての啓蒙」「公民としての人間の啓蒙」という一見類似した区別を立てている[34]。確かにカントもメンデルスゾーンも同じ社会的現実に向き合っているのだが、しかし、ここには決定的な違いがある。メンデルスゾーンはのちにカントの『啓蒙とは何か』について、その私的・公的なる用語はいささか奇異なものであると言い、それはBerufsgeschäfte（職業的な仕事）と Außerberufsgeschäfte（職業外の仕事）のことであろうと述べている[35]。これらのメンデルスゾーンの用語は、むしろ現在の公的／私的の概念に対応しており新しいものだが（先に見たフリードリヒの勅令における「私人」「公的」の用語法もこの線に沿っている）、しかしその結果政治的な機能の含意をまったく失ってしまう。一方でまた彼の実践哲学は身分制法秩序の存続を許容するものとなっている。カントとメンデルスゾーンとのあいだにはさまざまな点で対比を見出すことができるし、また、実際しばしば比較の対象とされてきたが、カントの『啓蒙とは何か』の提示する戦略構造を見る上で重要なのは、カントの分割が、メンデルスゾーンの戦略性をもたない静的な区分と異なり、もう一つ、言わば「迂回」の戦術を通して、いったん分割された二領域を循環させている点にあると思われる。

34 Mendelssohn: Ges. Schr., Bd. 3, 399-403. また Hinske 1973: 444-457.（Berlinische Monatsschrift 4, 1784: 193-200）.

35 Mendelssohn: Ges. Schr., Bd. 4, Abt. 1, 146-148.

3 迂回 —— 漸進的改革のプログラム

さて、初めに見たように、カントは啓蒙を公衆に定位し、一種の集合的自己啓蒙を考えている。そして理性の公的使用の自由とは、ひとが学者として公衆に語りかける際の、理性使用の全面的自由のことであった。

公衆 Publikum は publicus に由来するが、ヘルシャーによれば[36]—— 先に見た法共同体（res publica）の観念との関係からも看取されるように——、この publicus は、ほぼ同義語の öffentlich とともに、西欧の言語空間に特有な政治=社会生活のカテゴリーをなしてきた。そして öffentlich という語は、ものごとの Evidenz（明証性）はそのものごとの öffentlich な表明に基礎づけられるべきものであるという思想と結びついてきたという。（先に見たシラーの言葉もここに結びついている。）。17 世紀以降、近代国家の形成過程で öffentlich は staatlich と同義に用いられるようになってゆくが、一方、18 世紀末には啓蒙の理性の要求と密接な関係に立つ。18 世紀後半、フランス語の publicité が発言や著作の自由な交換・交通という意味をもつようになると、これがただちにドイツ語に入り、Publicität という概念が言論の自由に結びつく[37]。これとほぼ同義の Öffentlichkeit という名詞形が öffentlich から造られたのも 18 世紀後半のようである。こうして、18 世紀の読書人口の増大、出版業の発達と相まって、読者公衆とでも訳すべき Publikum という概念が現れる。アーデルング Adelung（1777）によれば、Publikum とは、1）ある公共の場所に集まった一群のひとびと、2）ある著作家の読者たち、3）われわれとともに生きているすべての人格、のことであり、またカンペ Campe（1807）は Publikum の語釈として、Gemeinwesen, Welt, Lesewelt（共同体、世界、読書界）の三つを挙げている。また、たとえばヴィーラントは、「トイッチャー・メルクーア」„Teutscher Merkur“ への序言で次のように言っている。

---

36 以下、Publikum の概念史については主として Hölscher 1978 による。ここでは 414 頁。

37 同上：446.

> 彼ら［芸術批評家］は、彼らの判断を公に語る。すると読者公衆がそれを確証する。というのは、各人が、自分が［発言したとしても］やはり同じように言っただろうと感ずるからである。[38]

つまり öffentlich に（おおやけに）語られた判断は、読者公衆の批判によって、普遍的で理性的な判断との資格を付与される。

18 世紀に Publizität ないし Öffentlichkeit の重要性が増してくるにつれて、ドイツの君主たちは出版検閲で応じるが、同時に、Publizität は法共同体の伝統との関連を背景として、リベラルな理論家によって、国家制度の原理にまで高められる。[39] フィヒテは 1796 年の『自然法の基礎』の中で、国家（統治権力）の合法性は一度立てた原則につねに従うことによる、それによって Publizität をもつのだと言い、またその前年、カントは、『永遠平和のために』（1795）において、Publizität に決定的に重要な役割、すなわち政治とモラルの一致を保証するという役割を与えている。[40] すでに啓蒙論文の中にも、次のように読まれる。

> 国民が自分たちの考えを整理しようとして行う著述を政府の監督下に置くべきものと見なし、君主が心の救済のことに干渉するならば［……］彼は［君主としての］尊厳を自ら損なうことになる（59）

ここでは問題は一見宗教上の発言に限られているように見えるが、その点についてはすぐあとに触れる。1793 年の著作の有名な一節では、元首（Oberherr）は国民の総意を統合するものであり、したがって不法な行政は元首の誤解か無知によるものだ、として（F 戦術！）、

> それゆえ、元首のとった処置によって国家共同体に不法が加えられたと思

38 Hölscher の引用による。446 頁。
39 同上 : 442.
40 Bd. XI, 244–245.

> われるような事柄について意見を公表する（öffentlich bekannt zu machen）権能が、それも元首の恩寵をもって、国民（Staatsbürger）に帰属しなければならない。［……］それゆえ文筆の自由こそ［……］国民の権利（Volksrechte）の唯一の守護神である。[41]

と述べている。

◇

このように見るなら、『啓蒙とは何か』のカントが啓蒙を読者公衆、Publikumに定位したということは、Publikumの自己啓蒙自体の重要さもさることながら、それがただちに一つの政治的なプログラム、漸進的な改革の構想の中での要をなしているのだということがはっきりしてくる。ことは単なる言葉の定義や回顧的な決算ではない、と最初に述べておいたのは、この意味である。カントは特に教会を例にとり、ある信条（シンボル）を永久不変なものとして固定するのは、より優れた認識を閉ざしてしまう、つまり啓蒙を不可能にしてしまうがゆえに無効だと言い、啓蒙の進歩の可能性を担保するためには制度は暫定的なものと見なされねばならないと述べている。それに続いて、

> その間［暫定的に］設定された制度（Ordnung）は、［教会に関する］事柄の状態についての認識が公的（öffentlich）に進展し確認せられ、ついに公民の声（Stimmen）が（その全体ではないまでも）一致して、それまでよりも良い認識に基づく見解に従って宗教制度を変革することを可とし、そのために諸教区を保護すべきである、という提案を国王に申し入れることができるようになる、その時までは存続するのである」(58)

つまり誰かが直接に制度変更を申し立てたり（理性の私的使用）、直接行

41　Bd. XI, 161. ここでカントは抵抗権はもとより文筆の自由を認めないホッブズを批判している。

動に出る（革命）のではなく、読者公衆Publikumを迂回する、すなわちかの理性の公的使用の自由によって読者公衆に向かって意見表明をする。読者公衆のあいだでその見解が検討され、つまり理性の批判的吟味を経て、多数意見としてまとまったとき初めて君主に申し入れられる。君主はこれに従うべきである。これは一種の人民主権と見える。人民主権つまり被治者の自己統治の原理も、先の法共同体の伝統との関連で位置づけることができる。しかし、カントが直接大きな影響を受けたルソーとの、カントの決定的な違いは、ハバーマスが指摘するように、この原理が理性の公的使用、つまりPublikumの媒介を前提条件としてのみ実現されると考えている点である。[42] こうして、「公的」領域に制限されそれによって自律を確保された理性は、読者公衆Publikumという迂路を経て結局「私的」領域に介入する。つまり、ルソーが分割を認めず結局は都市国家の直接政治モデルに回帰してゆき、メンデルスゾーンの区分が循環を欠いた制限のための制限であったのに対して、カントが行なっているのは、社会と対置される限りで近代的な国家、絶対王政を前提として、法共同体の担い手としての公衆を読者公衆として救出すること、〈参加〉を確保すること、である。ここにはPublikumの概念史が濃密に込められている。カントの悪名高い抵抗権の否定、革命の否定も、この迂路の確立と表裏をなしている。Publikum における理性的論議、啓蒙は、執拗に「徐々にallmälich」なる字句を伴い、明瞭に革命と対置されている。

ところで、カントはこの論文で宗教に関する事柄を中心にしたと言い、それは「宗教における未成年状態こそ最も有害であると同時に最も恥ずべきものだから」だと言っているが、これは必ずしも文字通りに取ることはできない。『啓蒙とは何か』が属しているベルリン月刊誌民事婚論争の文脈では、啓蒙問題の中心には宗教があり、カントも『判断力批判』の中で啓蒙に触れた際、特に「迷信からの解放」について述べているが、これは

42　Habermas 1962: 132.

カント（少なくとも啓蒙論文の）にとっての重要度とは別だと見るべきである。「宗教上の事柄に関しては何一つ国民に指図することなく、むしろこれらのことについては彼らに完全な自由を与えることを義務と見なし、しかもそのような言明を彼自身の尊厳にふさわしからぬものとは思わないような君主」(59-60)、このようなフリードリヒの政策のもとにあればこそ、宗教・教会に関して論じても比較的安全だったのだと考えられる。もっとこの一節にも「F戦術」を認めることもできよう。宗教が国家の管掌するところとなっていただけのことであって、宗教が重要でないわけではまったくない。国家との対立の内容が宗教でもあり得たということだ。のちにヴェルナーの反動政治のもとで、カントはその宗教論によって筆禍事件を被ることになるが、『啓蒙とは何か』のカントにとってより重要だったのは、論文の末尾にあたかも付け足しのように（これも一種の戦術である）述べられている立法の問題だったと見ていい。

> 自然が［公民的自由という］この硬い殻の中でいとも優しく育んでいる胚芽、すなわち自由な思考（freies Denken）への傾向と使命とを解き放ったならば、こんどはこの傾向・使命が徐々に（allmälich）国民の意識（これによって国民は行為の自由の能力をしだいに身につけるようになる）に影響を及ぼし、そしてついに統治原則にすら影響を与える。(61)[43]

「行為の自由」の行為（handeln）とは、アリストテレス的な実践（プラクシス）の意味で理解される。公民的自立性の規定を考えるなら、この自由への「能力」が語られていることも頷かれるだろう。そしてこの展望もまた、次のように明らかにF戦術に基づいて描かれている。

43　次のような一節も参照。「啓蒙された人間は、彼の把握している善にある種深い関心を寄せざるを得ない。するとこの啓蒙と、啓蒙された人間のこのような関心は、次第に上昇して王座にまで達し、統治の諸原則にさえ影響を与えるに違いない」(Idee zu einer allgemeinen Geschichte in weltbürgerlicher Absicht. Bd. XI, 46-47.

> ［宗教上の啓蒙に］加勢するほどの国家元首ならば、その考え方（Denkungsart）はさらに進んで、立法に関してすら、国民が彼ら自身の理性を公的に使用して、より良い立法についての彼らの考えを、さらには現行法に対する率直な批判をも併せて、公的に世に問うことを許しても、何ら危険はないということを見抜いているのである。(60)

◇

公民の第三の規定として自立性（Selbständigkeit）を継承しつつ、カントにあっては政治的権力の行使（参加）はまったく言語的な平面に移される。ここで興味深いのは、マンフレート・ゾンマーによれば、Mündigkeit（成年状態）の概念史において、「発言」という要素による侵入と横領が認められるということである[44]。本来、ラテン語 manus（手）に関連し、権力や保護を意味した Munt が、その発音の類似から Mund（口）と混同される。〈手―実力行使〉から〈口―発言〉への、この極めて象徴的な移行は、カントの啓蒙概念においても前提となっていると考えられるのだが、さらにカントを下敷きにしていると思われるクルーク Wilhelm Traugott Krug になると、一層はっきりと現れている。

> 成年（mündig）であるのは、理性の使用・自由の使用において進歩し、自分の権利を自ら認識し、行使することのできる者、したがってつまり、いわば法的な口（Mund）を持ち、自分の代理人としていかなる他人をも必要としない者、未成年の者と違って後見人を必要としない者のことである[45]。

このカントからハバーマスにまで至る通俗語源学的な「汚染」に対応して、問題はまったく言語的な平面に移行する。

44　Sommer 1988: 137-.

45　Krug, *Allgemeines Handwörterbuch der philosophischen Wissenschaften*, Bd. 2, Leipzig 1827, 812. Sommer, 138 による引用。

4 暫定的な結び――〈実践的プログラム/プログラムの実践〉としての「啓蒙論文」、いくつかの問題

以上で明らかにし得たと思われるのは、この『啓蒙とは何か』は絶対王政との緊張関係の中で、一つの政治戦略、実践的プログラムを提示しているのだということ、その戦略を構成するのは、公的/私的という分割による自律的理性の確保と、読者公衆への迂回という二つの戦術だということであった[46]。そしてその際、この二つの戦術のみならずカントの実践哲学の基盤として「旧ヨーロッパ」の法共同体の観念の伝統が重要な役割を果たしていることを、概念史研究の成果に拠りつつ概観した。

さらに、この戦略構造全体の存立は、別のレベルに属するもう一つの戦術、「F戦術」に、つまり発話行為の力に依存している。注目すべきは、『啓蒙とは何か』自体が、実のところまさにこの戦略の、つまりは理性の公的使用の、実践となっているということである。われわれがF戦術と名づけたあの誉め殺し――規範命題の事実命題へのすり替え――もカントのこの小論の実践的性格を示すものに他ならない。『啓蒙とは何か』は政治的プログラムの提示であり、かつそれ自体が政治的実践なのである。叙述の対象が政治的なものであるばかりでなく、このテクスト自体が政治的なのだ。カントのプログラムが理性の公的使用という言語的なコミュニケーション行為を核心としている以上、この自己言及性は驚くにはあたらない。実のところ、F戦術とは一種の立法行為に他ならない。しかしこのことはいくつかの問題をはらんでいる。以下はそのいささか断片的なスケッチである。

---

46 ここでカントのテクストから取り出した戦略構造は、かつてKoselleck 1973が提示して見せたAufklärungの歴史的な位置づけに奇妙にあるいは見事に一致する。コゼレックは、宗教戦争=内乱の解決として、モラルと政治を分割することで絶対主義が成立し、こうして私的領域に押し込められたモラルがやがて批判として、政治とモラルの分離という絶対主義と自らの起源を忘却し、政治を含めた全面的な審査権を主張し始め、絶対主義に対立していくと言う。だとするならば、『啓蒙とは何か』でカントが行ったのは、こうした歴史的条件そのものを一種共時的な平面で戦略的に再構成することだったということになろう。

◇

J. L. オースティンは言語行為について論じた際、発話主体の資格が言語行為の成否のために一つの重要な条件をなしていることを明らかにした。[47]「F戦術」を規定する際に挙げた例からも明らかなように、この戦術が有効でありうるためには、発話の主体が指示対象かつ受け手となる人物に対して特殊な関係に立っていることが必要である。言い換えれば、やはり発話主体の資格が問題なのだ。[48]フリードリヒの勅令などから考えて、カントがこの条件を満たしていたかどうか、つまりはカントのこのF戦術が有効であったかどうかは疑問とせざるを得ない（『判断力批判』での啓蒙に関する悲観的なトーンはこの点からも理解するべきかもしれない）。プログラムの実践としての『啓蒙とは何か』の有効性に対する疑問が、『啓蒙とは何か』の提示するプログラム自体の有効性を疑問に晒す。

しかし、カントの戦略は、さらにこの資格をも、理性の名のもとに、言説の内部で確保することを含んでいる。つまり次のように語ることによって：理性は普遍的であるから、誰もがそれに基づいた発話をなすことができる。誰もがその資格を持つ。少なくとも公共の議論の場において理性は実現される。だが、こう主張することは再びある種の資格条件を呼び寄せてしまわないだろうか。この主張が有効であるための条件というものがあるのではないか。

カント的な「下からの」啓蒙の企図の成否が、少なくとも一つには、この戦略にかかっていたことは間違いない。そしてこの戦略は今日に至るまで、さまざまな場所で繰り返し変奏され、試みられてきている。この問題

---

47 Austin 1975. オースティンはこの先駆的な書物の冒頭近くで、他ならぬカントの名を挙げている。

48 カントは『啓蒙とは何か』の中で繰り返し「学者の資格において in der Qualität eines Gelehrten」と言っている。この表現は少なくとも二つの含意をもつ。一方で学者であるということは、彼の発言にある種の力を与える資格付与に他ならないということであり、他方、いかなる人間も学者として発言しうる、つまり発言権をもちうる、ということである。

はただちに Publikum のステイタスの問題でもある。カントが提示する Publikum をそのまま歴史的実体に対応させうるか、疑わしいことは言うまでもない。この時代の読者層の拡大と変容はそれ自体興味深く、またカントの議論の具体的な前提、必要条件ではあったにしても、『啓蒙とは何か』の構想の中で理論的な規定と位置づけを与えられている Publikum とは同一ではない。カントの Publikum とは、やはりあくまでも一つの Idee（理念）にとどまるものではないか。これから aufklären（啓蒙）されるものでありながら、同時にすでに自らの理性を用いて論議することができるとされている Publikum の両義性は、おそらくこの理念的な性格に密接に結びついている。つまり、とりわけ理念的なものを歴史的な実体として考えようとするとき、不可避的に〈起源〉の問題が現れる。ひとはいかにして「読者公衆」となるのか。これはルソーの社会契約におけると同様の問題、一種の自己組織化のパラドクス（ラッセルのパラドクス）である。Publikum は、いったん成立してしまえば、対称的なコミュニケーションが可能になる（はずである）――これは定義に他ならないのだから。しかし Publikum が存立しうるためには、初めの一撃が必要ではないのか。実際、カントの行論は、この初めの一撃として、すでに「指導者」が存在することを前提しているのではないか。つとにハーマンはカントの『啓蒙とは何か』に対し、この点を突いて批判している。カントが匿名で挙げている後見人とは誰なのか、結局のところカント自らが後見人を気取っているのではないのかというのだ[49]。もちろんここで語っているカントにとって、自らが成年状態 mündig であることは暗黙の前提となっているだろう。ここではおそらく、書物という媒介、メディアのもつ文字通りの間接性が重要である。書物の間接性、いったん成立した書物の原理的な無時間性が、〈教える者〉と〈教えられる者〉の擬似的な対称性を成立させる。書物を媒介とすることによって、書き手と読み手の関係は上下関係、権力関係となること

49 Hamann. Brief an Christian Jakob Kraus (1784), *aus: Johann Georg Hamann: Briefwechsel*. Hrsg. von Arthur Henkel. Bd. 5, Frankfurt am Main: Insel 1965, 289-292.

を回避する。

この言わば縦の問題に対して、ここでもう一つ横の問題を考えてみることができるかもしれない。つまり、いったん成立した読者公衆と、別の読者公衆＝国民との関係はどうなるのか。カントの読者公衆の共和制は、必然的に特定の俗語（これがやがて標準語、「国語」と呼ばれることになる）による出版市場の形成と発展を前提とするものであり、これはただちにナショナリズムの母胎に他ならない。ベネディクト・アンダーソンが言うように、「出版物を読みまた書くこと、これによって［……］想像の共同体（＝nation）は均質で空虚な時間の中を漂っていくことが可能となったのだ」[50]。つまり、ナショナリズムの前提条件としての Öffentlichkeit。事実上の民衆、Publikum がナショナリティなどに制約されたローカルな存在であり、しかもその境界が一義的に根拠づけられたものではあり得ないことから、現代（モダン）の哲学者はペシミスティックにたとえばこう言っている。

> 1792 年以降の近代史の中では、何が正統性の源泉となるだろうか？　ひとは言う、民衆だ、と。しかし民衆とは一つの「イデー」でしかなく、ひとは民衆という良い「イデー」が何であるのかを知り、それをひろめるために、論争し、なぐりあう[51]。

この問題に立ち入ることは本稿の範囲を超える。むしろここでは、プログラムの構図の全体的な成立を待たずに、その構図をなぞる形で、しかしローカルに、カントが自ら —— 言わば勝手に —— 開始してしまっている小戦闘が興味深いのだ、とも言えるだろう —— その成否は別として。カントの初めの一撃は、とりあえずは教育可能な第三者、民衆の方を向きながら、すでに明らかにした迂回によって、そして何よりわれわれが「F 戦術」と名づけた言語戦術により、ことの初めから立法への介入を図ってい

50　Anderson 1983. 邦訳 198-199 頁。この点については本稿で触れることはできなかったが、もちろん『永遠平和のために』のテクストが検討されなければならない。

51　Lyotard 1987: 34.

る。『啓蒙とは何か』に限らない。カントの堅固な体系を縫い取り、微細な部分で力を与え、ときに体系を裏切りもするような形で、彼の言語戦略の数々が姿を見せる。言うまでもなく、カントは、そのユニヴァーサルな理論にもかかわらず、言語的な闘争の個々の場面においては言わばつねにマイノリティ（少数派／未成年）だったのである。

引用・参考文献

Kant, Immanuel. *Werkausgabe*（12 Bde.）. Hrsg. von Wilhelm Weischedel. Frankfurt am Main, 1974-1977.

Anderson, Benedict. *Imagined Communities: Reflections on the Origins and Spread of Nationalism*. London: Verso, 1983.（『想像の共同体――ナショナリズムの起源と流行』白石隆、白石さや訳、リブロポート、1987年）

Austin, J. L., *How to do Things with Words*. 2nd. ed. Oxford: Oxford University Press, 1975.

Batscha, Zwi.（Hrsg.）*Materialien zu Kants Rechtsphilosophie*. Frankfurt am Main, 1976

Beyerhaus, Gisbert. „Kants, Programm' der Aufklärung: aus dem Jahre 1784" in: *Kantstudien* 26, 1921, 1-16. Auch in: Batscha 1976, 151-166.

Bien, Günther. „Revolution, Bürgerbegriff und Freiheit. Über die neuzeitliche Transformation der alteuropäischen Verfassungstheorie in politische Geschichtsphilosophie" in: *Philosophisches Jahrbuch* 79, 1972, 1-18. Auch in: Batscha 1976, 77-101.

Cassirer, Ernst. *Kants Leben und Lehre*. Berlin, 1918.（『カントの生涯と学説』門脇卓爾・高橋昭二・浜田義文監修、みすず書房、1986年）

Deleuze, Gilles. *La Philosophie critique de Kant*. Paris,: Presses universitaires de France, 1963.

Habermas, Jürgen. *Strukturwandel der Öffentlichkeit*. Luchterland: Darmstadt und Neuwied, 1962.

Hinske, Norbert.（Hrsg.）*Was ist Aufklärung? Beiträge aus der Berlinischen Monatsschrift*. Darmstadt, 1973.

Hölscher, Lucian. Artikel „Öffentlichkeit" in: *Geschichtliche Grundbegriffe*, Bd. 4. Stuttgart, 1978.

石井紫郎「財産と法――中世から現代へ」『岩波講座　基本法学3――財産』岩波書店、1983年。

Koselleck, Reinhart. *Kritik und Krise: Eine Studie zur Pathogenese der bürgerlichen Welt.* Frankfurt am Main: Suhrkamp, 1973.

Lyotard, Jean-François. *Postmoderne für Kinder. Briefe aus den Jahren 1982-1985.* [Aus dem Franz. von Dorothea Schmidt] Wien, 1987.

宮田光雄「カントの政治哲学についての一考察——ドイツ啓蒙主義の思想構造（一）、（二）」『國家學會雑誌』第70巻第3・4号、第5号、1956年。

望田幸男「十八世紀ドイツの思想」『岩波講座　世界歴史17　近代4　近代世界の展開Ⅱ』岩波書店、1970年。

村上淳一「ドイツ「市民社会」の成立」『法学協会雑誌』第86巻8号、1969年。

——『近代法の形成』岩波書店、1979年。

——『「権利のための闘争」を読む』岩波書店、1983年。

——『ドイツ市民法史』東京大学出版会、1985年。

西村稔「啓蒙期法思想と知識社会——カントと啓蒙官僚」『現代法哲学2　法思想』、長尾龍一・田中成明編、東京大学出版会、1983年。

大津真作『啓蒙主義の辺境への旅』世界思想社、1986年。

Perelman, Chaïm. *L'empire rhétorique: Rhétorique et argumentation.* Paris: Vrin, 1977.

Riedel, Manfred. „Herrschaft und Gesellschaft. Zum Legitimationsproblem des Politischen in der Philosophie", in: Manfred Riedel. (Hrsg.) *Rehabilitierung der praktischen Philosophie*, Bd. II, Freiburg, 1974. Auch in: Batscha 1976, 125-148.

—— Artikel "Gesellschaft, bürgerliche", in: *Geschichtliche Grundbegriffe*, Bd. 2, Stuttgart: Klett-Cotta, 1975.

Röttgers, Kurt. Artikel „Kritik", in: *Geschichtliche Grundbegriffe*, Bd. 3, Stuttgart: Klett-Cotta, 1982.

Schulte-Sasse, Jochen. (Hrsg.) *Aufklärung und literarische Öffentlichkeit.* Frankfurt am Main: Suhrkamp, 1980.

Schneiders, Werner. „Emanzipation und Kritik: Kant", in: *Die wahre Aufklärung. Zum Selbstverständnis der deutschen Aufklärung.* Freiburg-München, 1974. Auch in: Batscha 1976, 167-174.

Sommer, Manfred. *Identität im Übergang: Kant.* Frankfurt am Main: Suhrkamp, 1988.

Stuke, Horst. Artikel „Aufklärung", in: *Geschichtliche Grundbegriffe*, Bd. 1, Stuttgart: Klett-Cotta, 1972.

ニーチェ『悲劇の誕生』を読む

――虚構と闘争

はじめに —— プロロゴス

本稿は『悲劇の誕生』の読解を当面の目標としている。この読解は後年のニーチェの思想を考慮に入れつつ進められ、またできる限り『悲劇の誕生』の全体を、言い換えれば細部を、尊重する。しかしまた読解と同時に目論まれているのは、「批判」概念の再検討、批判についての新たな視座の獲得である。この作品のもつ批判的性格については、批判の個々について、すでに多く論じられている。古典文献学、美学、ヒューマニズム、楽天的合理主義、オペラ、ジャーナリズム、教育など、本書で批判の対象とされている項目は数多く挙げられよう。しかしそこで批判はいかなる生を生きているのか。

批判はおそらくつねに二つの契機をもつ。一つは狭義の批判であり、破壊・解体にかかわる。もう一つは何ものかを positiv に（つまり真ナルモノとして）措定すること。後者をここでは仮に〈物語〉と呼ぶことにする。批判において、否定・解体と〈物語〉とは不可分であるように思われる。この〈物語〉の見やすい例は〈理想〉と呼ばれるものだ。理想と批判との結びつきの最も単純な形は、いわゆる疎外論において見られる —— ポジティーフに措定された心理としての「人間性（フマニテート）」や「自然」を参照しつつ、そこから眼前の現実の逸脱・疎外を測定し告発する批判としての。多くの「時代批判」はこうした疎外論の形をとっているし、それどころか、批判が〈理想〉を伴わないとき、何か倫理的な調子で断罪されるのがつねである。

しかしここで言う〈物語〉は、理想をその一形態としつつも、必ずしもそれに限定されない。のちに系譜学と命名されるニーチェの方法は批判の一形式だと言っていいが、〈理想〉を提示するものではなく、その代わりに新たな「系譜」を設定する。善なるもの、価値ありとされるものについて、賛美すべき起源を想定したり、歴史的な生成の結果を「自然」と取り違えたりする言説に対して、新たな歴史（系譜）を突きつける。だからここでもあくまでも批判は歴史＝物語に依存しているのだ。その際、そこで示される歴史は何らか〈真〉であろうとするだろうし、さもなければ系譜学はその批判の力を失いかねない。批判の〈物語〉は、批判が有効であろうとするなら、〈真〉でなければならないように思われる。

さて、『悲劇の誕生』が提示しつつ拠って立っている物語は「芸術家形而上学」あるいは「美的形而上学」と呼ばれる。形而上学はさまざまな形で今日までいたるところに生き延びているし、またこれからも生き延びていくであろうものの、それ自体として〈真〉でありうる権利は、少なくとも18世紀末以来、はなはだ危うくなっている。周知のように、ニーチェ自身、いわゆる中期以降の著作で執拗に形而上学批判を展開していく。そうしたことから、『悲劇の誕生』の「素朴さ」という嫌疑が生ずるだろう。この嫌疑が正当か否か、まず『悲劇の誕生』に対する既存のある種の読解を検討する。ここで取り上げる類の読解は、結局のところ、（多くはそれと気づかずに）形而上学に属しており、それゆえ読解の対象をも素朴な形而上学に還元してしまう。しかしここでの検討は、『悲劇の誕生』がそうした読解の枠組みを逸脱してしまうこと、むしろそれらに敵対するものであることを示すだろう。次に、『悲劇の誕生』においてとにもかくにも基本的な枠組み（＝物語）であるところの「美的形而上学」が、『悲劇の誕生』自体において、いかに提示されているかに注目する。この注視によって、『悲劇の誕生』の、形而上学に対するナイーヴさという嫌疑は、おおかた否定されることになるはずである。『悲劇の誕生』は、「美的形而上学」という物語の虚構性について、あらかじめ語ってしまっているのだ。

しかしそのような事情であってみれば、「ナイーヴ」という嫌疑は晴れるとしても、批判の〈物語〉は〈真〉でなければならないという前提に立つ限り、『悲劇の誕生』の行う批判は失効を宣言されることになりかねない。そこでこの作品が遂行している諸批判のいくつかを改めて検討していく。その過程で、いくつかの批判は物語の存立いかんにかかわらず有効でありうること、むしろ真理概念自体が改めて問われるものであることが明らかになるだろう。

こうして、批判についていくぶん異なった視点を築くことが必要になる。本稿はそのための手がかりを、（ニーチェがギリシャから借りた）

〈闘争(アゴーン)〉という概念に求める。批判は闘争として、あるいは批判ではなく闘争が、見られるべきである。『悲劇の誕生』は言語的な闘争の実践と見なされる。

1 美的形而上学

1 ヴァーグナーに対する位置

G. コッリは『悲劇の誕生』へのあとがきを、ここでニーチェは「ナイーヴさという罪」を犯している、と結んでいる（KSA 1, 904[1]）。確かにこの作品は紛れもない若書きであって、ニーチェ自身、後年「自己批判」を試みもするだろう。しかしこの「ナイーヴさ」はあまり安易に考えられてはならない。しばしばこのデビュー作は若いニーチェのショーペンハウアー崇拝、ヴァーグナー崇拝と結びつけて語られるが、注意深い読解が明らかにするように、この両者との関係も、すでに『悲劇の誕生』自体において、いささか込み入ったものである。

この作品のヴァーグナーとの関係について言えば、しばしば言われるような単純な賞賛と宣伝の書と見ることは到底できない。この書物の出版がどのような効果をもってしまったにせよ、ヴァーグナー側の思惑がどうであったにせよ、『悲劇の誕生』は非ヴァグネリアンに対してヴァーグナーを称揚してみせているのではない。1886年に書かれた「自己批判の試み」の中で、ニーチェはこの書物を指して、「玄人筋のための書、音楽の洗礼を受けたような人たち、共通の、世にも稀な芸術 - 経験によってそもそもの初めから結ばれているようなひとたちのための〈音楽〉、芸術上の近親者を見分けるための識別票」（GT「自己批判」3, 14）と言っている。これは回顧的に初めて獲得された評価ではなく、同旨のことはすでに『悲劇の誕生』の本文中に語られている。

1　以下、ニーチェ著作集、書簡集からの引用は、すべて本文中に注記する。KSA 1 所収の『悲劇の誕生』については、GT と略記したあとに章番号とページ数のみを記す。

> 私がもっぱら相手にするのは、直接に音楽に血縁のあるようなひとたち、音楽をいわば母胎とし、ほとんどただ音楽との無意識的な関係を通じてだけ諸事物につながるようなひとたちに限られる。(GT 21, 135)

それゆえ、「リヒャルト・ヴァーグナーに宛てた序言」の中の一節、「著者は、その考えついたすべてのことについて、目の前にいるひとのようにあなたと語り、この対面にふさわしいことだけを書き下ろした」(GT「序言」23)という一節も、文字通りに取られてよい。ヴァーグナーとの関係ということで言えば、この書物の全体がさしあたり「リヒャルト・ヴァーグナー宛て」なのであって、言い換えれば、この書物はヴァーグナーのApologetik(弁護)であるよりも、ヴァーグナーを教化・先導しようとする意図をもつ。当初出版元に予定していたエンゲルマン書店に宛てて、ニーチェは執筆の意図をこう言っている。「しかし本当の課題は、リヒャルト・ヴァーグナーという現代の法外な謎を、彼のギリシャ悲劇との関連において解明することにあります」(KGB II, I. 194)。当時、ヴァーグナーの芸術作品(特に『トリスタン』)と、その理論的著作とのあいだの齟齬が明瞭になりつつあり、つまりヴァーグナー自身がヴァーグナーにとって「謎」であったのを、ニーチェは当人に代わって「解明」しようとしていたのである[2]。この書簡の日付(1871年4月)から言って、それが最終的な『悲劇の誕生』の意図・内容に直接対応しているかどうかにはいくぶんの留保が必要かもしれない。しかし、ニーチェの基本的な態度を知るには十分である。結局、ヴァーグナーもほぼ並行して同様の理論的見解に達する(『ベートーヴェン』)のだが、『悲劇の誕生』は少なくともヴァーグナーの初期の綜合芸術論に対する批判となっていると見てよい。もともとこの書物のために書かれ、最終的には削除された遺稿断片の中の次の一節は、初期のヴァーグナーのベートーヴェン解釈に対する直接の批判である[3]。

2　Silk & Stern: *Nietzsche on Tragedy*. Cambridge, 1981, 54- を参照。

3　Dahlhaus: *Die Idee der absoluten Musik*. Kassel, 1978, 35-36 を参照。

> われわれは次のごとき途方もない美学的迷信をどう考えたらよいだろうか。つまり、ベートーヴェンは第九のあの第4楽章で絶対音楽の限界について厳かに告白をしたのだ、それればかりかこの第4楽章でもって新しい芸術の扉が閂を外されたのだ、そしてこの新しい芸術において音楽は形象や概念さえも表わす力を与えられ、そのことによって〈意識的な精神〉に対して開かれたのだ、という美学的迷信を。(1871, 12 [1] : KSA 7, 367)

ここで念頭に置かれているのは、『未来の芸術作品』や『オペラとドラマ』におけるヴァーグナーのベートーヴェン解釈であり、批判されているのはフランツ・ブレンデルや当時のヴァーグナーの、音楽を形象・概念に従属させる思想である。『悲劇の誕生』直後のコジマの日記は、旧著『オペラとドラマ』(1851) に関するヴァーグナー自身のかなり率直なコメントを誌している。「あの中の何がニーチェには気に入らないのかはわかっている。それはまた［……］ショーペンハウアーをも敵に回すものだ。つまり私が言葉について述べていることが問題なのだ。当時私は、音楽がドラマを生み出したのだ、とあえて言い切ることはできなかった。心のうちではそれはわかっていたのだが[4]」。

それゆえ、ニーチェが書簡で嬉々として語っている「ヴァーグナーとの同盟」(KGB II, I. 279. エアヴィン・ローデ宛、1872年1月28日) についても、こうした文脈から考えられるべきだろう。同盟とは従属ではない。(念のために付け加えておけば、ここで問題にしているのは『悲劇の誕生』当時におけるニーチェとヴァーグナーの「客観的」な影響関係ではない。ニーチェ自身、影響関係における優位に固執しているものの、ここで明らかにしたいのは、テクスト自体のうちにある批判の構造である。さらに付言すれば、のちにニーチェはヴァーグナーの俳優性と様式解体を、とりわけ「キリスト教的な終わり」を批判することになるが、もちろんここでの批判はそれとは異なっている。)

4　Cosima Wagner: *Tagebücher I*, 490: 11. Feb. 1872. Silk & Stern 前掲書 : 392.

2 美的形而上学――ロマン派の音楽思想

さて、こうして浮かび上がってくるのは、ショーペンハウアーに拠ってヴァーグナーの初期思想を批判する、という構図である。音楽がドラマを生み出すのだと言われ、音楽の、言語に対する徹底した優位が主張される。この点で、『悲劇の誕生』はロマン派美学の終端に位置する[5]。18世紀半ばまで、音楽は言語に対して、したがってまた器楽は声楽に対して、従属的な地位しか与えられていなかった。自然模倣と情動描写が芸術作品に第一に要求されることであったから、器楽は声楽作品の単なる抽象としか見なされず、テクスト（歌詞）を欠いた器楽は「空虚」な「雑音」にすぎないのではないかという嫌疑がしばしばかけられた。ニーチェは『悲劇の誕生』の第19章でオペラについて述べ、こうした事情に触れている。

> 何をおいても言葉を理解しなければならない、というまったく非音楽的な聴衆の要求があったのだ。その結果、主人が召使いを支配するように、歌詞が対位法を支配するような歌唱法が発見された場合にのみ、音楽の再生も期待しうるものとされた。なぜなら、言葉というものは、その伴奏をする和声よりもはるかに高貴であって、あたかも魂が肉体よりも高貴であることに等しい、というのである。(GT 19, 123)

ところが18世紀末に美学に入ってきた自律原理のもとで、目的自由で自己充足的な音楽作品という観念が成立する。従来は欠陥と見なされた無概念性、つまり把握可能な意味や情動的内容から解き放たれているということそのことが、いまや、音楽の内容は直接的に啓示されるということの保証となり、ロマン派的な「無限の憧憬」に結びつく。作曲史上の19世紀初頭へかけての交響曲の発展が、これに対応する。E. T. A. ホフマンは次

5 以下の音楽思想史的記述は、Dahlhaus 前掲書のほか、Bruse: “Die griechische Tragödie als, ‘Gesamtkunstwerk’. Anmerkungen zu den musikalischen Reflexion des frühen Nietzsche”, in: *Nietzsche Studien* Bd. 13, 1984. および、國安洋「西洋音楽（一）――近代の音楽美学」『芸術の諸相』今道友信編（講座美学 4）、東京大学出版会、1984 年による。

のように言っている。

> ベートーヴェンの音楽は戦慄、恐怖、驚愕、苦痛の梃子を動かし、ロマン主義の本質たる無限の憧憬を呼び覚ます。ベートーヴェンは純粋にロマン的な（したがって真に音楽的な）作曲家であり、それだから彼の場合、声楽曲はなかなか成功しないということになるのであろう。声楽曲には名状しがたい憧憬をそのまま表現することが許されず、無限の国で感じられたというよりは、ただ言葉によって語られた情緒のみが表現されるものだからである。[6]

このようなロマン派（ショーペンハウアー）における逆転に従って、『悲劇の誕生』は、言語などに対する音楽の優位を主張する。

> こうして音楽がわれわれに否応なくふだんよりも多く、より内面的に見るように仕向け、［悲劇の］場面の進行を一つの精妙な織物のように眼前に繰り広げて見せているあいだに、われわれの精神化された、内部を見入る眼にとって、舞台の世界は無限に拡大され、かつ内側から照らし出されたものとなっている。言葉の詩人がこれに匹敵するようなものを提供しうるだろうか。遥かに不完全なメカニズムに従って、間接的な方法で、つまりは言語と概念とから出発して、視覚的な舞台世界のあの内的拡大と内的照明に到達しようとあくせくしたところで。(GT 21, 138)

悲劇は音楽を欠いてははるかに限られた効果しか上げることはできない。言語のみの発揮しうる力はたかが知れている。というよりも——ニーチェはさらに「逆転」を徹底する——「音楽こそが世界の本来的な理念であり」、言語を含むドラマの総体は「この理念の反照、個別化された影絵にすぎない」（同所）。同じことは第6章でより明確に述べられる。そ

6　E. T. A. Hoffmann: „Ludwig van Beethoven, 5. Sinfonie“, in: *Schriften zur Musik.* Hrsg. F. Schnapp, München, 1963, 36.

こではニーチェは民謡の有節歌曲形式（Strophenform）について触れ、旋律（メロディ）が歌詞（テクスト）を生むのだと言う。「旋律が［……］最初にして普遍的なものである」（GT 6, 49）。音楽が言語に対してより根源的な地位に置かれ、両者の関係は親子関係の喩に従って語られる。歌詞は派生的・偶然的・可換的なものである。そしてこれが「詩（ポエジー）と音楽、言葉と音（トーン）のあいだの唯一可能な関係」（GT 6, 49）である。抒情詩は、音楽が形象、詩を生み出す過程の圧縮されたものとして捉えられる。「抒情詩は、音楽を形象と概念とにおいて模倣的に閃かせることであると言ってよい」（50）。

こうして音楽／言語の関係は、そのままの形で、そしてまたディオニュソス／アポロの名に結びついて一般化され、『悲劇の誕生』のいたるところに現れて分析的・批判的な機能を果たす。ヴァーグナーの初期理論に対する批判もその一つである。また、たとえば先にその一部を引用したオペラ批判において、カメラータ・フィオレンティーナの発明になるオペラは、音楽を従属的な地位に置いていたゆえに非難される。「レチタティーヴォの起源はあらゆる芸術的本能の外部にあると推論せざるを得ない」（GT 19, 121）。オペラを創り出したひとびとは「音楽のディオニュソス的な深さを予感していない」（GT 19, 123）。この書物のタイトルにかかわるギリシャ悲劇の発生という問題についても、音楽の優位、音楽が言語・形象を生む、という構図に従って、悲劇のコロスからの発生という伝承を改めて強調することになる。文献学的に問題であったのは、ディオニュソスおよびディオニュソス崇拝と悲劇の成立との結びつきを語る伝承と、今日まで伝えられる悲劇諸作品の内容――そこにはディオニュソスやディオニュソス崇拝との関連はわずかにしか見出されない――とのあいだの齟齬である。悲劇作品をもっぱら「読むドラマ」Lesedrama あるいは「言葉のドラマ」Wortdrama として考察する――それは『詩学』のアリストテレスという支持者をもつ――当時の文献学を、ニーチェは批判する。ニーチェは、音楽が形象を生むという原理に従って、神話をコロスのアポロ的夢として捉えるよう示唆する。コロスはそれによってディオニュソス的なパッションから身を引き離すのである[7]。この説の当否はここでのわれわれの関心の外にある。確認したいのは、ここでも音楽と言語・形象との関係についてのロマン派的な逆転が一貫して機能しているということだけだ。

> 言葉のドラマとしてしかわれわれには無論接しようがないところのギリシャ悲劇については［……］われわれは［ディオニュソスの］神話と［ドラマのテクストの］言葉とのあいだのあの齟齬によって、ややもすると惑わされ、悲劇を実際よりも平板・無意味なものと思いがちである［……］。というのも、ひとは次のようなことを容易に失念するからだ。すなわち、神話の最高の精神化と理想性に到達するという、言語の詩人には決してなし得なかったことが、創造的な音楽家としての詩人にはいつでも成功が可能であったということを。(GT 17, 110)

このようなニーチェの主張の基礎になっている音楽思想、ロマン派以降の、音楽の絶対的優位を唱える思想について、ダールハウスは「絶対音楽」(この語自体はヴァーグナーに由来する) の理念をその核として捉え、現代もなおその支配の根強いことを指摘している。しかし、ともに絶対音楽の理念に服するとはいえ、ハンスリックが「純粋形式」に注目を促すことでロマン派的な形而上学を骨抜きしていったのに対して、1860年以来のヴァーグナーらを中核とする「ショーペンハウアー・ルネッサンス」――そこに『悲劇の誕生』も当面含まれる――においては、絶対音楽の理念のもつ形而上学的要素が再浮上する[8]。

ショーペンハウアーにおいては、諸他の芸術に対する音楽の優位は、「意志」との関係様態にかかわっており、それを根拠としている。音楽は、他の芸術と違って代理表象的なものではない、つまり模倣ではないゆえに特権化される (絶対音楽)。「われわれが音楽のうちに認めるのは世界の中の何らかのイデーの模写や反復ではない。しかもなお音楽は偉大なまた並

7　Colli: Nachwort zu KSA 1, 902-903 参照。

8　Dahlhaus 前掲書 : 22.

外れて素晴らしい芸術であり、人間の最内奥へと力強く働きかける」[9]。しかし逆説的なことに、ショーペンハウアーがこれに対して与える説明と根拠づけはまったく模倣の原理に従っている。周知のように、ショーペンハウアーは、世界の根底に、目標も意味もなく無限に努力する盲目の衝動を想定し、これを唯一の真の実在、「意志」であるとする。この「意志」はさらにカントの「物自体」と等置されるわけだが、音楽の特権的な地位は、この形而上学的本質に対する「直接的な」模写関係によって根拠づけられる。

> 音楽以外のあらゆる芸術は、意志をただ間接的に、すなわちイデアを媒介として客観化する。[……] 音楽は、世界自体と同様に、いや、多様に現象して個物の世界を形成している諸々のイデアと同様に、意志全体の直接の客観化であり模写なのだ[10]。

音楽と諸イデアとは、本質的存在たる意志への直接的な関係を結んでいるという点で並行関係に立つ。こうして、「意志」という形而上学的な原理に依拠することで、特権的な芸術としての音楽もまた、代理表象的な構図の中に回収されてしまう。

そしてとりわけこの点で、『悲劇の誕生』はショーペンハウアーに忠実である。その第16章は、それまでの諸章の「認識の出所を明示する」意図を掲げつつ、『意志と表象としての世界』の長い引用を行う。その中に含まれ、さらに間接話法に置かれて繰り返し引用される命題は、まさしく非模写的な音楽を形而上学的原理に従って模写の構図のうちに回収しつつ特権化することにかかわっている。「音楽は、あらゆる他の芸術と異なり、現象の模写ではなく、意志の直接の模写である。したがって、音楽は、世界の形而下的なものに対して形而上的なものを、いっさいの現象に対して物自体を表現する」。(GT 16, 104。106 も参照)

ダールハウスは、ロマン派美学における革新、諸カテゴリーの価値転換

9　Schopenhauer: *Die Welt als Wille und Vorstellung I.* Frankfurt am Main, 1960, 357.
10　同書 : 359.

と逆転のもつラディカルな重要性を強調している。事実それは芸術史上、芸術思想史上、いくつかの些少ならぬ帰結をもたらしたのだが、これまで見てきたところで知られるように、われわれの関心からすれば、それはあくまでも単なる逆転にすぎず、決して伝統的・プラトン主義的な形而上学の構図を逸脱するものではない。音楽への価値付与は形而上学的本質に支えられている。言語・形象と音楽との地位の逆転は、形而上学的本質の逆転と一致している。かつて歌詞の言葉そのものがその現前を保証していると思われたロゴスが失われ、それに代わって不定形な「意志」が現れる。こうして現象／本質という形而上学的対立は保存される。「本質」の項がロゴスであろうと「意志」であろうと変わりはない[11]。

『悲劇の誕生』が提出し、かつ依存している「美的形而上学」は、第４章にその定式的な表現が見出される。

11　こうして、〈言語・形象／音楽〉という対立と、〈現象／意志〉という形而上学的対立という二重の構えは必然的である。『悲劇の誕生』における「ディオニュソス」および「ディオニュソス的なもの」の地位の曖昧さも、この二重性にかかわっている。アポロは紛れもなく現象の側に立つ。ディオニュソスとは「根源的一者」の別名であるのか、それともその「現象」であるのか？　音楽は意志そのものではなく、意志の現象にすぎない、とニーチェは断言する。「音楽は、その本質によって、意志ではあり得ない。なぜなら —— 意志はそれ自体では非芸術的なものである以上 —— 音楽が意志であるなら完全に芸術の領域から追放せねばならないであろうからだ。しかし音楽は意志として現象する」(GT 6, 50–51)。結局、その特権的な地位を強調されていた音楽も現象に属する。こうして〈(言語・形象／音楽)／意志〉という構図が明らかになる。初め下端 —— 本質の側 —— に位置すると思われた音楽が現象のうちに回収されてしまう。われわれは下端の項に到達することができない。単純化して言えば、意志や根源的一者が実際は一つの表象であり、言語 —— 音楽との対比で真っ先に価値を切り下げられていた言語 —— に属するということだ。ポール・ド・マンが『悲劇の誕生』のディコンストラクティヴな読解を通じて明らかにしてみせた事態はこの困難にかかわっている（*Allegories of Reading*, 79–102)。「自然」であれ「意志」であれ「理性」であれ「生活世界」であれ、何か根源的なもの、〈本質〉を見出そうとする形而上学的努力は必ずこの困難に行きあたる。現象から〈本質〉に、言語から（言語によって）その外部に、至る道はない。ニーチェは繰り返し「架橋」(überbrücken) の不可能性について語るだろう。別の言い方をすれば現象／本質という分割の不可能性。後述するように、『悲劇の誕生』がその形而上学の虚構性を語ってしまっているということは、実のところこの困難の帰結に他ならない。

> 真に存在するもの、根源的一者は、永遠に受苦するもの、矛盾に満ちたものとして、たえず自分を救済するために、同時に魅惑的な幻像(ヴィジョン)・快に満ちた仮象を必要とする。この仮象を、その中に完全に囚われており、またそれから成っているわれわれは、真には存在しないもの、すなわち時間・空間・因果律のうちでの持続的な生成として、換言すれば経験的現実(レアリテート)として感ぜざるを得ない。(GT 4, 38-39)

ここに見て取れるのは典型的な形而上学的二世界説である。『悲劇の誕生』はその各所で現象と物自体の区別を強調しており、結局は基本的な枠組みの点でショーペンハウアーの形而上学的主意説に従っているように見える。たとえば、先に触れた悲劇の起源についての議論において、コロス(音楽)からの悲劇の誕生という主張は、ディオニュソスこそが悲劇の主人公だという主張と重ねられているが、そこではニーチェはあからさまに「"Idol" すなわち模像に "Idee" を対比させるプラトン的な区別および価値評価」に訴えている。

> プラトンの術語を用いるなら、ギリシャの舞台の悲劇的登場人物について、およそ次のように言いうるだろう。すなわち、唯一真に実在するディオニュソスが、諸人物の多数性のうちに、闘う主人公の仮面のうちに、またいわば個別的意志の網にからまった形で現象するのだと。(GT 10, 72)

問題はこういうことだ——これまで見た限り、『悲劇の誕生』はショーペンハウアーとの関係ではおよそ「ナイーヴ」であるように見える。言い換えれば、ショーペンハウアーとともに、ロマン派の形而上学に、つまりは伝統的・プラトン主義的形而上学に、完全に内属しているように見える。のちに形而上学批判を遂行していくニーチェに比べていささか異様なほどだ。いわゆる中期以降の諸作で、徹底的な形而上学批判が行われるのはよく知られている。しかし形而上学批判が明瞭な形を取り始めるのは、すでに『悲劇の誕生』直後の草稿からである。「現象 Erscheinung という言葉はさまざまな誘惑を含んでいるので、私はできる限りこの語を避けている。なぜなら、事物の本質が経験世界に現象する、などというのは真実ではないからだ」(『道徳外の意味における真理と虚偽』、KSA 1, 884)。『悲劇の誕生』のわずか1年後、ニーチェはこう書く。ここには唐突な転回があるように見えるが、はたして事情はどのようなものなのか。そしてまた形而上学との関係が『悲劇の誕生』においてすでに別様に見られるべきものだとすれば、そのとき形而上学に拠って『悲劇の誕生』が行なっている数々の批判はいかなる事態に置かれるのか。

2　形而上学からの逸脱

1　疎外論的・目的論的読解

『悲劇の誕生』における形而上学のありようを考察するために、この作品の疎外論的読解と呼べる二次文献の読みを検討する。疎外概念自体は、周知のようにヘーゲルや初期マルクスのテクストについて、詳細な検討の対象となるものであるし、いまなお多くの研究が積み重ねられてきている。ここでの問題も、そうした議論と無関係ではあり得ないが、さしあたって、現状を何らかの理想状態と対比し、その理想状態への復帰を目指す考え方、別の言い方をすれば、不調和な現在に対して何らかの調和的な目的・終末(Ende)を設定する考え、といったほどの意味でこの語を用いておく。多くの場合、目的・終末は起源にあるもの、始原状態の回復という形をとるだろう。

「感性の復権」や「自然の回復」などの要求や主張を『悲劇の誕生』のうちに読みとろうとする疎外論的読解は、一時期の流行であったし、いまなお根強いと見られる。この種の読解は、事実『悲劇の誕生』のテクストの各所で強力に支持されているように見える。「救済」(Erlösung)、「是認」(義認、Rechtfertigung)といったキリスト教的概念も基本的に疎外論の枠組みに一致する(というより、疎外論がキリスト教的な枠組みに属していると言うべきなのかもしれない)。この読解の図式にもっとも見事に適合するのが、「不協和音」の喩(GT 24, 153)である。不協和音において、「われわれは『聞こうとする』と同時に『聞くことを超えてあこがれる』」。このことによって、悲劇的神話に現れる「醜と不調和」の存在理由が説明される。悲劇においては「見ようとする」と同時に「見ることを超越してあこがれる」というわけだ。調性音楽においては、不協和音は協和音への解決を前提しており、われわれは言わばあらかじめそれを聞いてしまう。「聞くことを超えてあこがれる」というのはそういうことだ。そこでは予定調和が成立している。

疎外論的読解の、より積極的な拠り所となるのは、たとえば次のような一節である。

> ディオニュソス的なものの魔力のもとでは、単に人間と人間とのあいだのつながりが再び結び合わされるばかりではない。疎外され(entfremdete)、敵対し、あるいは圧服されてきた自然も、その家出息子である人間と、和解の祝祭を寿ぐのだ。(GT 1, 29)

また、言うところの「悲劇の秘教」とは、「すべて存在するものの一体性(Einheit)についての根本認識、個体化を悪の根底と見、芸術を、個体化の呪縛が破られうるという喜ばしい希望として、一体性が再び生まれる予感として見る見方」(GT 10, 73)である。個体化の状態は「いっさいの苦悩の源泉にして根底、それ自体非難すべきもの」(GT 10, 72)であるのに対して、デュオニュソス的な融合帰一状態(Einheit)こそは目指されるべきテロスであるように思われる。事実、ニーチェはここでザグレウス神話を引きつつ、「ディオニュソスの再生」を「個体化の終末」として語っている。

疎外論は一般に近代の状況を個人が分子化され分断された状態(あるいは逆に全体主義的な、完全に管理された状態)と捉え、有機的・調和的な社会秩序というヴィジョンを対置する。このような現状把握が正確なものかどうか、またそのヴィジョンが有効かどうかについてはここでは問わずにおく。ここで検討するのは、そのような構図に基づいた読解が『悲劇の誕生』の読解として正当であるか否かである。

「ディオニュソス的なもの」なる用語について見るなら、のちの『ツァラトストラかく語りき』では、もはや起源あるいは目的としての価値は与えられず、単に新たな個体化の前提としての、個体の破壊を意味し、永遠の自己超出を表すものとなっている。では『悲劇の誕生』ではどうなのか。この書物はなお疎外論的－目的論的な枠組みにとどまるナイーヴなものなのか。確かに、上に見たように、『悲劇の誕生』における「ディオニュソス的なもの」は、すべての個体化の最終的な終わり、根源的・原初的統一への回帰のロマン派的な希望のことであるように見える。

言うまでもなく、このような疎外論＝目的論は、形而上学的な二項システムに密接に結びついている。と言うより、そのロマン派的な時間的ヴァリエーションをなしている。[12] プラトン主義的な現象／本質、あるいはそれに類する対立する二項が通時的な先後関係に置かれ、起源とその派生態あるいは頽落形態と見なされるとき、価値は本質・起源の側にある以上、起源の回復こそは目指されるべき希望となる。したがって、のちの形而上学批判の中で、ニーチェはこのような起源への価値付与についても批判的に考察することになるだろう。[13] たとえば、『漂泊者とその影』の中では、次のように言われる。

> 「太初（はじめ）にありき」。──起源を賛美すること──それは歴史を考察するにあたって再び芽生えるところの、そして万物のはじめには最も価値に満ち最も本質的なものがあるとあくまで思わせるところの、形而上学の蘖（ひこばえ）である。（『漂泊者とその影』3：KSA 2, 540）[14]

12 このロマン派的な時間的変換の、さらに空間への投影を、C. D. フリードリヒの風景画に見出すことができる。

13 もちろん、のちに明確化される系譜学的方法において、ニーチェは「起源」概念そのものを放棄はしない。ただし、そこでの起源はもはや価値を剥奪されており、形而上学的起源論の言わばパロディになっている。「歴史の核心──私がこれまでに聞いたもっとも真面目なパロディはこれだ。『太初にナンセンスあり、ナンセンスは神とともにあり！ ナンセンスは神なりき』」（「意見と箴言」22：KSA 2, 388）。このアフォリズムは言わば系譜学の核心である。

14 『善悪の彼岸』I-2: KSA 5, 16.

ところで、調和的な起源という表象に対する批判は、すでに『悲劇の誕生』自体のうちにある。たとえばホメロスの「ナイーヴさ」とははなはだナイーヴならざるものであって、始原に位置せしめられるルソー的な自然状態とは無縁である[15]。それはすでにそれに先立つ闘争の結果であって始原ではない。闘争におけるアポロ的幻影の勝利のことなのだ。

> 近代人が憧憬のまなざしで眺めるこの調和、というか人間と自然との一体性。これをシラーは「ナイーヴな」という術語を用いたわけだが、これは決して単純な、自生的な、言わば必然的な状態、あらゆる文化の戸口で人類の楽園としてわれわれが出会うに**決まっている**といった状態なのではない。そんなことを信じていられたのは、ルソーのエミールをも芸術家として考えようとしていた時代、ホメロスのうちに自然の懐に抱かれて教育された芸術家エミールなるものを見出すような真似をしていた時代だけである。芸術において「ナイーヴなもの」に出会ったなら、われわれはそれをアポロ的文化の最高の作用と見なければならない。アポロ的文化はつねにまず巨人国を転覆させ、怪物たちを殺害せねばならない。そして力強い妄想的な仮象と快に満ちた幻影とによって、世界観の恐るべき深淵と鋭敏な受苦能力に対して勝者となったものであるはずだ。(GT 3, 37)

ここでは調和的な状態が始原に位置するものではないこと、また（驚くべきことに）そのような状態自体がアポロ的な幻影にすぎないことが言われている。『悲劇の誕生』が述べている一体性への回帰自体は、疎外論的な読解が期待するであろうような社会的·歴史的な変革のプログラムではな

15　ここで言っているのは「ルソー的な」自然状態であって、「ルソーの」自然状態ではない。小林善彦によって指摘されているように、ルソー自身は「自然に帰れ」とは一度も言っていないし、自然状態なるものは、かつて実在したことがなく、これからも存在しないであろう状態であるとはっきり述べている。当たり前のことだが、ルソーの言説もまたはなはだしく込み入ったものである。さしあたりニーチェの批判の対象はルソーというよりも19世紀のルソー主義だと考えておくべきだろう。

い。あくまでも「悲劇の秘教」、悲劇の与える「形而上学的慰め」であって、芸術の瞬間的な効果にすぎない。「一瞬の間、われわれは実際根源的存在そのものであり、その奔放な生存欲と生存の快を感ずる」(GT 17, 109)。

Einheit (合一) の観念および目的論的な構えは、『悲劇の誕生』の中でまたいくぶん異なった形でも現れる。一つには、悲劇芸術の成立をディオニュソス的なものとアポロ的なものの合一として、そこに芸術の究極的な完成を見ようとするところで。もう一つは、これと密接に関連しているのだが、ヴァーグナーの芸術にディオニュソス的なものの現前を見出し、さらにアポロ的なものによる補完を「次の世代」に期待して「ドイツの希望」を語るとき[16]。今度はディオニュソスではなく、アポロとディオニュソスの「合一」がテロスとなる。ディオニュソス的陶酔における一体感が芸術の与える一時的な効果にすぎなかったとすれば、むしろアポロとディオニュソスの合一による悲劇芸術 —— 一体感の効果を与える芸術 —— の達成というこちらの図式の方で、歴史的な時間が考えられていることは確かである。

『悲劇の誕生』は、ギリシャ文化に、次のような歴史的段階を見ている。まず巨人族の時代、次にホメロスに代表されるアポロ的文化の支配、ディオニュソス的なものの侵入とアポロの抵抗、最後にアポロとディオニュソスの融和によるアッティカ悲劇の成立、すなわち悲劇文化の時代 (GT 4, 41-42)。これがギリシャ文化の頂点と見なされる。これに続くのはエウリピデス、ソクラテスによるディオニュソスの排除とそれに伴うアポロの衰弱、つまり悲劇の死。そしてソクラテス主義・楽天的合理主義の支配。この時代の文化はアレクサンドリア文化と呼ばれ、近代もまたここに属するものとされる。この現在において、アレクサンドリア文化から悲劇文化へという「反対の過程」への希望が語られる[17]。ギリシャ悲劇の成立には、ま

16 『悲劇の誕生』がヴァーグナーの芸術にディオニュソス的なもののみを見ているのか、あるいはすでにギリシャ悲劇同様アポロ的なものとディオニュソス的なものの合一が達成されていると見ているのかは、実際は少々曖昧である。

17 この遡行のプログラムをニーチェは第二の『反時代的考察』でも述べている。(KSA 1, 317)

ず初めにアポロ的なものが、ついでディオニュソス的なものが現れ、両者が合一するという経過をたどったのに対して、ヴァーグナーやカント、ショーペンハウアーにおけるディオニュソス的なものの出現から、アポロ的なものの補完へ、という意味での「反対の過程」でもある（GT 19, 128; GT 25, 155）。

しかし以上のような叙述は、あまりに図式的に対称的な過程として形作られており、根拠をもたない。『悲劇の誕生』の中でも、この「希望」を述べるくだりが、トリスタン体験の直接性を表現しようとする部分と並んで、高揚した文体の力にもっとも露骨に訴えている部分であることは、逆にここでの所論の脆弱さを示す。のちに「自己批判の試み」がこの書物のもっとも重大な欠陥と見ているのも、この「希望」の表明に他ならない。

いま、ヴィジョンそのもののこのような弱さをひとまず措くとして、しかしここで言われている「合一」が、決して調和的秩序の成立を意味するものではないことは確認しておかなければならない。この合一によって達成されるのは悲劇芸術の産出であり、悲劇的文化の創出である。悲劇的文化は闘争や苦痛、破壊や矛盾が必然的であると認める。その上で、悲劇芸術が、先述のように、根源的存在との一体感の効果を与えるのだ。そしてまたこの一体感自体、苦痛や矛盾の**解消**ではなく、苦痛の相対的な肯定（是認）である。

> 一瞬のあいだ、われわれは実際根源的存在そのものであり、その奔放な生存欲と生存の快を感ずる。無数の、生へと押し寄せぶつかりあう生存形式の過剰において、世界意志の過剰な多産性において、闘争や苦痛や諸現象の破壊が不可欠と思われるようになる。この瞬間に、われわれは諸々の苦痛の凶暴な棘で突き刺されると同時に、生存におけるはかり知れぬ根源的な快と一体となっており、かつ、この快の不滅と永遠をディオニュソス的恍惚の中に予感する。（GT 17, 109）

苦痛・闘争・破壊は不可欠＝必然的（nothwendig）である。こうして『悲劇の誕生』は形而上学的目的論（疎外論）への徹底的な拒否を表明しているのだが[18]、実のところ、この拒否と批判において、『悲劇の誕生』はなおまだショーペンハウアー的な基盤の上に、つまりはそのペシミズムの上にある。二つの形而上学があると言うべきだろうか。おそらくはその通りである。ショーペンハウアーの形而上学においては、本質項は「意志」という非－調和的なものであった。それゆえ、ショーペンハウアーの形而上学は、通時的・目的論的な変換を受け入れない（明らかにこのことが、ショーペンハウアーの、歴史に対する軽視と結びついている）。

ペシミズムからするオプティミズムの批判。疎外論の牧歌的・調和的な始原あるいは終末＝目的という表象は、現在に対する批判的な態度と結びついているにもかかわらず、むしろオプティミズムに属する。オペラおよび「オペラ文化」に対する批判、ルネッサンスの「牧歌的傾向」に対する批判、ソクラテス主義・近代合理主義に対する批判、「社会主義」に対する批判に至るまで、『悲劇の誕生』が行なっているのは、いずれもオプティミズムに対する批判である。これらのオプティミズムのすべてを支えている、調和的秩序の実在、あるいは実在可能性への信仰を、『悲劇の誕生』は徹底して拒否する。アレクサンドリア文化にあっては奴隷の存在が不可欠だという主張も、その直接の系に他ならない。

『悲劇の誕生』は、ショーペンハウアーに従って、「生に内在する苦痛」（GT 16, 108）について語る。ショーペンハウアー本人は、たとえば次のように言っている。

> 生の即自態たる意志、つまり生存そのものは、一つの絶えざる苦痛であり、あるいは痛ましく、あるいは恐ろしい[19]。

であるから、『悲劇の誕生』の行うオプティミズム批判において、ある

---

18 この拒否は初めから徹底しているが、しかし明瞭に語られるのは第二の『反時代的考察』におけるハルトマン批判あたりからではある。（KSA 1, 317）

19 Schopenhauer 前掲書 : 372.

種の形而上学から派生する目的論＝疎外論は否定されているものの、この限りではショーペンハウアー流の形而上学そのものは揺るがないように思われる。しかし、よく知られているように、苦痛と分かちがたく綯い合わされた生を認めた上で、そうしたものとしての生の「是認」へと向かう地点で、『悲劇の誕生』はショーペンハウアーを離れる。これについては第3章で改めて触れる。形而上学自体の地位の、『悲劇の誕生』における実のところの危うさは、次章で検討する。本節の最後に、歴史的なプロセスについて、『悲劇の誕生』が提示しているもう一つの、非−目的論的なイメージに触れておかなければならない。

次の一節は注目に値する。

> このアポロ的な傾向のために形式が硬直し、ややもするとエジプト的な硬さと冷たさに堕する危険がある［……］。こういう危険を避けるために、ときとしてディオニュソス的なものの高潮が再び湧き起こっては、ギリシャ精神を一途に封じ込めようとしたアポロ的「意志」のあの小さな圏を残らず破壊し去ったのだ。(GT 9, 70)

アポロ的状態も、ディオニュソス的状態も目的＝終末ではない。ここで言われていることは、『ツァラトゥストラかく語りき』で表明される視点に明らかに近い[20]。同様のことは、第24章で、ヘラクレイトスの名に結びつけられ、より明瞭に提示される。

> このディオニュソス的現象は、個体の世界を戯れに築いては壊すことを、一つの根源的快の流露として、たえず繰り返しわれわれに啓示するのであって、それは暗いひとヘラクレイトスが、世界形成の力を、石をあちらに置いたりこちらに据えたり、砂山を築いてはまた崩して遊んでいる子供に喩えたのに似ている。(GT 24, 153)

20　Barrack: "Nietzsche's Dionysus and Apollo: Gods in transision" In: *Nietzsche Studien* Bd. 3, 1974, 206.

ここでは構築（個体化）も破壊もディオニュソスの名のもとに一括されており、のちの著作でアポロがディオニュソスに包摂されていくことが予示されていると見ることもできるだろう。またそれゆえに、前の引用に窺われるような、秩序と混沌の弁証法といった祝祭論的な分節すら、ここでは消失している。さしあたり、『悲劇の誕生』に対する疎外論的・目的論的読解は、この作品の行う諸批判においても、またこのような表象においても、それ自体すでに維持不可能であることは明らかだ。[21]

---

21 ひとはあまりにニーチェ（特に『悲劇の誕生』の）にロマン主義を読んでいたように思われる。しかも、ときとしてそれに気づきすらせずに。ここに検討したような疎外論＝目的論しかり。また『悲劇の誕生』について、それまでのヴィンケルマン・ゲーテ的と称され得ようひたすら明朗なギリシャ像に対して、ギリシャの冥い面、苦悩、苦痛、混沌を、言い換えれば「ディオニュソス的」な面を押し出したものと解されるときに。しかしディオニュソスの「発見」はもともとフリードリヒ・シュレーゲル、シェリング、ヘルダーリンらに属している。したがって、単なるギリシャにおけるディオニュソス的なものの主張は、ニーチェのと言うよりロマン派の功績である。ひとは何かを語ろうとするとき、先行するさまざまな言説の中で語る。そしてその先在する諸言説との同一性と差異によって、その言説自体の位置あるいは位置についての権利が測定されるだろう。しかも先在する諸言説が、それ自体単一であるとは限らない。先在する言説の複数の相異なった層を、何かを語ろうとする者は考慮せざるを得ない。したがってニーチェの作品に関しても、それが歴史的なテクストである限りにおいて同時代の言説の諸層が画定されなければならない、という実証研究の課題がここで生じる。いまさしあたって大雑把に述べることしかできないが、『悲劇の誕生』については、少なくとも二つの先行言説の層を考えることが必要だと思われる。一つはアカデミズムの内部、古典文献学の言説、もう一つは在野のおそらくはロマン主義的な言説。ディオニュソス的なものについてロマン派を中心につとに語られつつあった同じ時代において、19 世紀の古典文献学はなおヴィンケルマン的古代像の支配のもとにあり、依然、ディオニュソス的なものは黙殺されていた。それゆえ『悲劇の誕生』がディオニュソス的なものの「発見」に見えるのだが、しかし、閉鎖的アカデミズム—それはほぼ 1830 年ころ成立したと見られる—の外部では、ディオニュソス的なものについての言説はすでに流通していたはずである。ニーチェ自身、『コノ人ヲ見ヨ』の中で『悲劇の誕生』を評してこの本の「決定的な新機軸」の一つとして挙げているのは、「ギリシャ人におけるディオニュソス的現象（フェノメーン）の理解」であって発見ではない（KSA 6, 310）。つまり、見られるべきは、『悲劇の誕生』が、当時の古典文献学に対立する点においてロマン派的であり、なおかつロマン主義からの偏差を持ち、ロマン主義にも対立していく、という点なのである。

2 留保——虚構性の認識

> 口では嘘を言うが、しかもなおその際の口吻でやはり真実を漏らす。
> (『善悪の彼岸』166: KSA 5, 101)

『悲劇の誕生』において形而上学がいかなる位置に置かれているかを明らかにするためには、それがいかに語られているか、その「口吻」に注目することが必要である。後年のニーチェは、この作品について、一つの「試み」であり暫定的なものにすぎない、と繰り返し述べている(たとえば1885/86, 2 [106] : KSA 12, 113)。この限定と留保は、単に回顧的に初めて獲得された自己評価ではなく、『悲劇の誕生』の叙述のしかたにすでに見出すことができる。

「美的形而上学」をそれとして導入する部分では次のように言われる。

> 自然のうちにあの強力な芸術衝動を認め、この衝動のうちに仮象への、仮象による救済への、熱烈な憧れを認めるようになればなるほど、私はどうしても[以下のような]形而上学的仮説へと強いられるのを感ずる[……]
> (GT 4, 38)

『悲劇の誕生』の一見権威的・断定的な言説の全体を通じての基盤をなすものと見える「美的形而上学」が感情的に強いられる仮説、「仮定」(Annahme) として語り出されていることは注目に値する。これは決して「感情の優位」などを主張しているわけではないし、恐らくは意図的な留保と見られるべきだ。さまざまなテーゼを仮説として提示するやり口は、実は後年のニーチェに顕著に見られるもので、それが彼の「自由」を確保している。このやり口が、一見「ナイーヴ」な処女作にも、すでに現れているのだ。

さらに、この形而上学の核をなす「根源的一者」(das Ur-Eine) がほとんど主格では現れないということも注意されていいだろう。多くの場合、この語は何かためらいがちに属格に置かれ、形式的には付加語形容詞的な地位しか与えられていない。つまり主語（主体）にならないのだ。例外的な主格が第4章に見られるが、これは先の引用に直接続く部分であり、したがって「仮説」という明確な枠づけを与えられている。その上、『悲劇の誕生』のテクストにおいて「根源的一者」が初めて現れるのは第1章の末尾近くだが（そこでは与格）、それがals ob（あたかも〜であるかのように、英語のas if）に導かれた接続法の節の中であることも押さえておいてよい。また、たとえば第24章で、悲劇的神話の内容をなす醜と不調和について説明しようとするところでは、次のような言い方がなされる。「ここで今やわれわれは大胆に弾みをつけて、芸術の形而上学の中に飛び込むことが必要になろう」（GT 24, 152）。美的形而上学は、「大胆に」「飛び込む」他ない代物なのだ。

より明示的な言明が、第5章と第18章に見出される。

> およそ芸術芝居が演ぜられるのは、決してわれわれのため、たとえばわれわれの改善と教養のためなどではないということこそ、われわれには［……］何よりも明らかなはずだ。しかしわれわれはわれわれ自身について多分（wohl）こう考えて良いだろう（annehmen, dürfen）。われわれは芸術世界の真の創始者［＝根源的一者］にとってはすでに形象であり芸術的投影であるということ、そしてわれわれは芸術作品であるという意味において、われわれの最高の尊厳をもつ――なぜなら、美的現象としてのみ生存と世界は永遠に是認されているのだから――ということだ。――もちろんこうしたわれわれの意義についてのわれわれ自身の意識は、画布の上に描かれた戦士たちがその画布に表現されている戦闘について抱く意識とさして異なるものではない。したがって、われわれの芸術に関する知識（Kunstwissen）全体は、根本においてまったく幻影的なるもの（ein völlig Illusorisches）だ［……］。（GT 5, 47）

引用が少々長くなったが、中程のテーゼの提示における dürfen wir...

annehmen といった控え目な措辞は、すでに見た例と同種のものである。ところがそれに対して率直に（おそらくは迂闊にも）付加される留保は、当のテーゼの幻影的性格を断言してしまう。この付加は「われわれ」の認識の限界を述べることで、「真の創造者」の権威を高めるものではあるものの、同時にこの言説自体の足元を掘り崩してしまう。

上の引用に現れる「美的是認」は、第 24 節でも繰り返し語られ、「自己批判の試み」でも『悲劇の誕生』の一つの核心をなす命題として引用されているが、この他に、アポロ的・ソクラテス的な「是認」の方式がそれぞれあることは、テクストの各所で語られている。たとえば第 22 節では、「アポロ的芸術の頂点でもあり、精華でもあるところの、あの観照によって達成される個体の世界の是認」（140）について、また第 15 節では、「われわれの生存が理解可能であり、それゆえ是認されていると思わせる」という科学の使命（Bestimmung）（99）について述べられる。ところが、これらは第 18 節の冒頭で「幻影の三段階」（drei Illusionsstufen）として一括される。

> ここに永遠の現象（フェノメーン）がある。――貪婪な意志は、事物の上に幻影を広げてその被造物を生につなぎとめ、有無を言わせず生き続けるようしむけるのだが、そういう手段をつねに見つけてくる。あるひとは、認識のソクラテス的快感と、認識によれば生存の永遠の傷も癒せるという妄想によってつなぎとめられている。またあるひとは目の前に現れている誘惑的な芸術の美のヴェールによって、さらにまたあるひとは、諸現象の渦の底に永遠の生が流れ続けているという形而上学的慰めによって籠絡される。（115）[22]

ここで幻影と言われている三つの段階のうち、ソクラテス的「妄想」についてはテクストの中で再三否定的な評価を伴って批判的に扱われている

22　この箇所の指摘は、Paul de Man: *Allegories of Reading*, New Haven: Yale Univ. Pr., 1979, 99 による。本稿は、特に 2 章において、ド・マンのこの論文から多くの刺激と示唆を受けている。

ところであるし、アポロ的な美の誘惑は、もともとアポロ的なものの本質が仮象にある以上、ここで幻影と呼ばれることには何の不思議もない。しかし三番目についてはどうか。三者ともに「意志」が見つけ出す「手段」とされているが、「形而上学的慰め」の内容をなす「永遠の生」とは、これらの手段を見出し、行使する主体たる「意志」と同じものではないのか。だとすれば、『悲劇の誕生』の基本的な枠組みをなすと思われる「形而上学」が、はっきりと幻影と言われ、言わば括弧に入れられていることになる。「永遠の生」とは別に、「意志」を括弧の外に逃がすことで曖昧に救出してはいるものの、両者が異なったものであるとは認めがたい。前節で、根源的存在との一体感が芸術的な効果として述べられていることはすでに触れたが、根源的存在そのものが、幻影だということになる。こうして、ここで引用した二つの箇所は、『悲劇の誕生』の枠組みをほとんど逸脱しかねないような様で、その枠組みの幻影性＝虚構性について明示的に語ってしまっていることになる。

3　批判と虚構 —— 美的形而上学が「洩らし」ているもの

1　虚構の現実性／現実の虚構性

『悲劇の誕生』における「美的形而上学」が、それ自体の虚構性の認識を伴いつつ提示されていることは、すでに明らかだと言っていいだろう。こうして見れば、その後の形而上学批判への動きも、決して唐突な転回ではないことになる。形而上学に対する、批判ではないにしても、留保と距離設定は、すでに『悲劇の誕生』のうちにある。しかしそのことは、この作品が基本的な枠組みの点であくまでも美的形而上学に依拠している以上、その言説からあらゆる力と権限を失わせることに —— 『悲劇の誕生』において見るべきはたかだか自己破壊の運動だけだということに —— なりかねない。ショーペンハウアーとその形而上学に対する「ナイーヴさ」という嫌疑が晴れかけてみれば、それは自壊の運命を代償にしてでしかないということになるのだろうか。

とりあえず、『悲劇の誕生』の虚構（美的形而上学）が何らかのリアリティや説得力をもっているとすれば、それは話者の権威、音楽の体験、ギリシャという実例といったことどもに依存しているように思われる。『悲劇の誕生』の語り手が極めて権威的な語り手であることは疑いを容れない。語りの主語を一人称複数に置くことによって読者を同一化へと強いる伝統的な論文のレトリック。読者への「友よ」という反復される呼びかけ。あるいは高揚した一節のあとの次のようなリタルダンド。「叱咤激励調のものの言い方をやめて、再び観照者にふさわしい気分〔調子〕に立ち返ることにする」(GT 21, 132)。これらは明らかに語り手に権威を与えるものである[23]。しかしその効果も好意的で従順な聞き手に対してにすぎないだろう。また、すでに触れたように、この書物は音楽的体験を共有する者を直接の聞き手・読者に想定している。そしてこの書物の輪郭を形作る形而上学は音楽経験を核＝種子として、そのまわりに組織されている。音楽体験の垂直の強度はそれ自体反駁しがたいものであるとしても、しかしこの種子とそのまわりの果肉は容易に剥離するのであって、この「形而上学」が「真理」として「証明」されるわけではもちろんない。「それは彼の経験である」とコッリは突き放している。

> 一つの真正な、体験された神秘主義が、この〔『悲劇の誕生』の〕組織の中へ押し入り、歴史論文の限界を跳び越える。この直接な、無媒介の経験の儀式が音楽なのであり、それが『悲劇の誕生』[……] の内容に、その文学的条件から解き放たれ、ほとんど文学的条件に矛盾しているような、一つの根本幻想 (Urvision) の価値を与える。(Colli. Nachwort. KSA 1, 904)

さらに『悲劇の誕生』の言説はギリシャという実例に結びつくことによって、つまり歴史的現実的な指示対象をもつことによって、虚構の外側に足をつけているように思われるのだが、ここではやはり古典ギリシャに文字通りアルカディア (牧歌的理想郷) を見ていた初期のヘーゲルを悩ませたのとほとんど同じユートピアのディレンマが生じる。加藤尚武はヘーゲルの

23 De Man 前掲書 : 93-94 を参照。

ディレンマについて、要約的にこう言っている。「ユートピアが過去へと事実化されて現状批判の力を失うか、それが現在に対置され、現在から未来へと投企されるその代償に現実性を喪失するか[24]」。これに対して、『悲劇の誕生』は、すでに見たように、あまりに単純にシンメトリカルな「逆の過程」の、それゆえ説得力を欠いた図式に従って「未来の希望」を語る。だがまたそれ以前に、この作品ではことの初めからギリシャの「解釈」が問題なのであって、この形而上学の支え（ともかくも支えであるとすれば）としてのギリシャは、ニーチェの構成によるものであり、結局のところそれ自体、彼自身の音楽体験とペシミズムに依存している。

このように見てくると、事態はほとんど絶望的とも見える。常識的な真理基準からする限り、『悲劇の誕生』の虚構には、いかなる権利要求も認められないように思われる。おそらくはこのことが、この作品が出版されるや文献学的な死亡宣告を突きつけられたことに対応している。

『悲劇の誕生』における虚構としての「形而上学」は、のちにニーチェ自身が批判し放棄している以上、それによって問題は片付いているのだと見ることもできるように思われる。言い換えれば、『悲劇の誕生』から形而上学批判へというニーチェの動きは、誤謬から真理へという、彼の自己啓蒙的な歩みを意味しているように見える。そのように見なすことは、最終的に虚構を誤謬としその無効を宣言することになるが、それでいいのだろうか。

前章で示したように、『悲劇の誕生』に見て取れるのは、素朴な形而上学の素朴な提示ではなく、あえてする虚構への執着だった。このことを、ニーチェはのちにこう回顧している。

> 私の最初のころには、その背後にイエズス会的な顔がほくそ笑んでいる。思うに、それは幻影を意識的に固執することであり、文化の基盤としてこの幻影を強制的に同化することである。（1883 年秋、16［23］: KSA 10,

24　加藤尚武『ヘーゲル哲学の形成と原理 —— 理念的なものと経験的なものの交差』未来社、1980 年、83 頁。

507）

この、幻影への意識的な固執とは、実は『悲劇の誕生』冒頭でアポロ的な夢の仮象についてはっきりと言われていたことに他ならない。

> この夢の現実のもつ極めて高度な生命にもかかわらず、それでもわれわれはやはりそれが仮象だという一貫して流れる微かな感覚をもつ。（GT 1, 26）

これが単に芸術についての比喩的な説明として言われているものであるとするなら、美学的な伝統を、つまり虚構性は芸術の一つの目印であり、芸術は虚構において、虚構は芸術であることにおいて価値をもつ、という思想を、少しも出るものではない。実際、ニーチェは第7節でシラーの反自然主義的な主張を引きつつそのことに触れてもいる。シラーはたとえば『人間の美的教育について』の中で「美的仮象」について述べ、仮象が仮象である限り、つまり「実在性への要求には一切はっきりと縁を切って」おり、「真理へと転化」しない限り、それは「正当な」仮象であると言っている[25]。ヘーゲルも『美学講義』の冒頭で虚構としての芸術の価値について同様の枠組みに基づいて論じている。ここではシラーが依拠したであろうカントから引用しておく。

> 〔詩の芸術〕は、その好むままに作出する仮象と戯れていながら、しかもこれによって欺くのではない。というのは詩の芸術は自己の営みそのものを単なる戯れ、しかも悟性がその仕事のために合目的的に使用しうるところの戯れにすぎないものと言明するからである[26]。

---

25 Schiller: Über die ästhetische Erziehung des Menschen in einer Reihe von Briefen, 26. Brief, in: *Sämtliche Werke*, Band V, München, 1980[6], 656-657, 659.

26 Kant: *Kritik der Urteilskraft*, Frankfurt am Main, 1977[2], (stw 57), 265-266.

これらの言説においては、芸術は虚構を虚構として提示するものであること、つまり芸術の虚構においてはつねにその虚構性の認識が伴うべきことが強調され、虚偽にはならない限りでの虚構の擁護が行われている。しかし虚構のもつリアリティ（ニーチェの言葉で言えば「極めて高度な生命」）については何ら説明しようとはしない。それはむしろ欺瞞の可能性、虚言する能力のうちに前提されている。芸術にあっては、虚構は虚構であるにもかかわらず、いやむしろそのゆえに、有効性をもつ。ではそのとき、虚構はいかなる生を生きているのか。換言すれば、虚構の現実性（リアリティ）とはどのような事情にあるのか。

『悲劇の誕生』の第7節において、次のような議論が述べられる。虚構の虚構としての認識が「われわれの美学」(54) ――つまり上述のような伝統的美学――の前提であり、「審美的な観客」(53) の条件である。人工的な昼、象徴的な建築、押韻した言語の理想的（イデアル）性格、こうしたシグナルに明らかな虚構性こそ、「あらゆる文学の本質」である。ここでニーチェはシラーに従って「自然主義」をしりぞける。しかしニーチェはさらに、これに対してギリシャ悲劇の特異性に注目を促す。「ギリシャの悲劇合唱団は、舞台上の人物たちのうちに生身の人物を見ずにはいられない」(53)。つまり虚構が現実と見なされるのだが、それは自然主義とは異なり、虚構を「日常的現実」の忠実な模倣とすることによるのではなく、忘却の効果によっている。ディオニュソス的興奮はその lethargisch な――これは現在では「無気力な」といった意味で使われる語だが、ニーチェはギリシャ語のレーテー＝忘却に発する語源を意識して、この語を強調している――作用によって、「日常的現実」を忘却させる。虚構はその余の「現実」との対照において虚構なのだとすれば、この忘却によって虚構はもはや虚構ではなく、「ディオニュソス的現実」となる (56)。こうしてこの章は、（ある意味ではシラーを裏切って）虚構の外部の忘却が虚構に現実性（リアリティ）を与えると示唆しているのだが、その限りでは、「日常的現実」と芸術への逃避的沈潜との、いわば祝祭論的な反復交替が語られているにすぎない。忘却は一時的なものにすぎず、いずれ日常的意識の回復が嘔吐をもたらす(57)。

ところが、『悲劇の誕生』は、その美的形而上学の枠組みに従って、虚構性をただちに「経験的現実」の全域へと論証なしに拡大する。おずおずと、しかしショーペンハウアーの権威を借りつつ（『悲劇の誕生』で最初に彼の名が挙げられるくだりである）、次のように言われる。

夢が仮象だというばかりでなく、われわれが現にその中で生活し存在しているこの現実の底に、もう一つまったく別な第二の現実が秘められていて、したがってこの現実もまた一種の仮象なのだ、という予感すら、哲学的人間は抱いている。(GT 1, 26)

このプラトニズムはすでに見たように第４章の「形而上学的仮説」において展開される。ある意味で非常に凡庸な形而上学的パターンではあるのだが、いまここでの問題からは、その含意に注目してみる価値はある。肝心な点は形而上学的本質項、「第二の現実」の存在ではなく、経験的現実が仮象であるという主張にある。つまり芸術の虚構が対比項とすべき現実がすでに虚構として扱われている。現実は忘却するまでもなくそれ自体虚構なのだ。したがって対比は意味をなさないことになり、虚構は現実という虚構と同じ資格を、つまり現実性をもつだろう。現実の虚構性が虚構の現実性を保証する。

後年の遺稿ではずっと簡潔に「真理すなわち幻影[27]」と言われることになるこのテーゼは、認識論的ニヒリズムに他ならない。このテーゼはいわゆるエピメニデスのパラドックスであって、証明も反駁もできない。だから『悲劇の誕生』がこのテーゼを提示するにあたって「哲学的素質」をもつ者の直観に頼るのみで論証を欠いているのは当然である。このことはニーチェ自身よく知っており、晩年の草稿ではたとえば次のように言われる。

哲学者の気晴らしは異なっており、その手段も異なる。すなわち哲学者が気晴らしするのは、たとえばニヒリズムにおいてである。いかなる真理も

27　Heidegger: *Nietzsche* I, Pfullingen, 1961, 501 も参照。

> 全然ないという信仰、ニヒリストの信仰は、認識の戦士としてまったくの醜い真理と絶え間なく闘争している者にとっては、大きなくつろぎである。なぜなら真理は醜いものだからである。(1887/88. 11 [108] : KSA 13, 51)

したがって、ここでもわれわれは信仰、つまり仮説にかかわっているのだが、しかしこの仮説は反駁もされず、誤謬として片付けることはできない。日常的あるいは経験的現実が仮象であり、真理は幻影である、というこのテーゼがいささか取り扱い困難なものであるにしても[28]、ここに『悲劇の誕生』が「洩らし」(verraten) ているものの一つを見ることができるように思われる。このテーゼをこのときのニーチェはショーペンハウアー的、プラトン主義的な形而上学の枠組みによって語る他なかった。経験的現実は、形而上学的本質項、「真の世界」に対置されることによって初めて、その虚構性について語られ得たのである。のちに形而上学批判の中で

---

28 全面的な虚構性の主張は、ラディカルであるだけにある意味では無力であるとも言える。もう少し問題を限定して、もっぱら言語について見るならどうだろうか。本文に述べたように、近代の美学においては虚構性は芸術の重要な特質であった。しかしまた特に芸術的散文 —— 小説 —— に関して、それが用いる言語と日常言語の著しい類似がしばしば着目されてきた。言語表現のレベルでは、虚構と日常的現実の差異が消失する。これがつまり虚言可能性の基盤である。ニーチェは悲劇について、人工的な昼、象徴的な建築、押韻した台詞といったことに虚構のシグナルを見ていたが、小説においては、こうしたシグナルは明らかではない。それゆえ、イーグルトン（『文学とは何か』）のように文学について虚構というカテゴリーは無効であり放棄されるべきものと主張するのでなければ、S. J. シュミット（『テクスト記号学の原理』）のように、虚構性の規定を言語表現そのものの外側に見出そうとすることになる。確かに、コミュニケーションのレベルでは、文学にかかわる社会的制度として、虚構性を示すシステムが通常は機能していると認められるし、シュミットの分析にとってはそれで十分なのでもあろうが、しかしこのレベルにおいても虚言可能性、欺瞞の能力は再び現れるはずである。別の常套的な手段は、虚構性を指示対象の不在と見るものである（イーザー『読書行為』）。しかし指示対象の不在とは、言語一般の本質に属する。この問題に関して詳しく論ずる余裕はないので、ひとまず、虚構の言語と日常言語の決定的な差異を見出すことが極めて困難であることを確認するにとどめておく。

彼は背後世界を拒否し、「物自体」の無用性を主張することになるが、しかしなお経験的現実なるものの幻影的本性についての見解は維持する[29]。そこではもはや真なる世界、「第二の現実」の対比なしに、経験的現実は幻影＝虚構なのであり、虚構あるいは虚偽は、真理の反対概念ですらない。この思想はのちに「遠近法主義」(Perspektivisums) と名づけられることになるだろう。われわれが見出すのはつねにすでに一つの遠近法であり解釈なのだ[30]。

ともかく、経験的現実の虚構性が主張された時点で、もはや虚構性は芸術固有の本質ではあり得ず、逆に世界が芸術となる。むしろ『悲劇の誕生』は、形而上学的な根源的一者なる「真の作者」を置くことで、世界は芸術作品と見られるべきものだと積極的に主張しさえする。このような意味で、『悲劇の誕生』は、括弧つきの「美的形而上学」、二重の意味で括弧を付された「美的形而上学」の提示である。二重にというのは、一つにはもちろん、その虚構性があらかじめ認められているという点で。もう一つは、それが個別領域としての美学ないし芸術の問題に限定されないという点である（「美的」形而上学)。E. フィンクなどがすでに指摘していたところだが、D. グルリッチ（Grlić）はこのことを指してニーチェの「反美学主

29　Ivan Soll: „Marx, Nietzsche und die Koperkanische Revolution Kants", in: *Karl Marx und Friedrich Nietzsche: Acht Beiträge*. Hrsg. R. Grimm und J. Hermand, Königstein, 1978, 73–76 を参照。

30　したがって『悲劇の誕生』でも、すでに触れたように、問題はギリシャの「真実」ではなくギリシャの「解釈」である。こうした事情であってみれば、ことのついでに現在の文献学的・考古学的知見を引き合いに出して『悲劇の誕生』の先駆的な炯眼を讃えてみせること ── この書物について論じる際の常套の一つになっている ── は、問題を履き違える危険をもっている。古典学者がそのような評価を下し、自分の「専門」のための示唆をこの書物から得ようとすること ── そのようなことはもはやまずあるまいが ── に対しては特に言うべきことはない。またもちろん、実証的な知見はなお有効であるし、有効であり続けるだろう。ニーチェ自身、「真理」概念を最終的に放棄することはないし、またそんなことは不可能である。われわれにとっても同じことだ。むしろ「事実の金モールへの崇拝」は欠くべからざるものだと言うべきである。だがさしあたって『悲劇の誕生』の読解が問題である限り、上述のような地点からの「評価」は、この作品の語っているものを覆い隠してしまうだけではないかと思われる。

義」(antiesthéticisme) と言っている。

> ニーチェにとっては、芸術は彼自身の存在と世界の放射＝発露である。したがって美学的問題は、彼にあっては存在論的基本原理の地位についていた［……］。ニーチェは、その最も深遠な諸作においてすら、芸術現象〔自体〕の存在論的な検討に立ち入ることは決してないということが想起されるべきだ。［……］実存の秘密を解き明かすときに、彼はしばしば自分の探求の成果を美学的カテゴリーで表現しようとするのである。[31]

ニーチェにあっては、「芸術」はつねに言わば比喩的な機能を果たしており、世界観の模索と表明にかかわっている。その意味で、芸術至上主義、唯美主義とは最も隔たっている。

さて、現実自体の虚構性が主張されているとなれば、── この主張が『悲劇の誕生』ではなお形而上学に支えられているにせよ、のちには背後世界抜きの遠近法主義として現れもするのだから ── そのことで、『悲劇の誕生』の虚構と、それに基づく諸批判は救われているようにも思われる。しかし批判とは誤謬に対して真理を突きつけることではなかったか。すべてが虚構であるとすれば、それは批判の死を意味するものではないのか。この点については、さしあたり、批判についての別の視点、あるいは批判に代わる視点が必要なのだと見当をつけるにとどめておく。このことは、結論部で再び取り上げ、ささやかな敷衍と解決を試みる。一言だけ付け加えておけば、次節で見るように「主体」もまた同時に批判にさらされる以上、この虚構性についての主張は、諸々の表象を思惟する主観に還元するものではあり得ない。それはバークリー流の主観的観念論でも単なる相対主義でもなく、問題はむしろ何か政治的なもの、政治的な力学にかかわるものである。

---

31 Danko Grlić: L'antiesthéticisme de Friedrich Nietzsche, traduit par Frano Gospodnetic, in: *Cahiers de Royaumont*, no 6, 1967, 177–178.

2 本能・意志・根源的一者

「美的形而上学」における「根源的一者」の主張が、もともとどのような動機のもとにあったのか、その少なくとも一端は、『悲劇の誕生』の準備段階の草稿から窺い知ることができる。現在グロイター版全集で5番の番号を付されている一群の草稿（1870年9月～1871年1月）は、一貫して意識と本能の問題にあてられている。そこにはたとえばこんな一文が書きつけられている。

> われわれに行為を強要する本能と、行為を起こさせる動機として意識化される観念とは離れあっている。（KSA 7, 5 [77]）

ニーチェは晩年に至るまで繰り返し意識や主体の問題に立ち戻る。そこで問われるべきは意識の主権、特権的な原因性としての主体である。この問題に対する初期のニーチェの戦略が、形而上学的な枠組みに基づいて、意識や主体に一つの「背後世界」を対置することだった。上の引用では本能と呼ばれているこの背後世界は、『悲劇の誕生』ではショーペンハウアーに従って「盲目的な意志」と呼ばれ、ディオニュソスや根源的一者に結びつく。明らかにここでニーチェは、彼が参照したショーペンハウアーやハルトマンとともに、フロイトの無意識の概念にたいへん近いところにいる。だがあくまでも形而上学の枠組みに従って、それを形而上学的な実体として、「世界意志」として語ってしまう。

『悲劇の誕生』に即して見ていこう。冒頭で、まずアポロ的なものとディオニュソス的なものが「人間の芸術家の媒介を経ずに、自然そのものからほとばしり出る芸術的な力として」（GT 2, 30）語り出される。そんなシナリオが可能だったのは、芸術家が媒介にすぎず、創造の中心＝主体ではないからである。「自然のこのような直接的な芸術的状態に比べれば、どんな芸術家も皆〈模倣者〉だ」（同所）。このことは第5章で抒情詩人について、さらに明瞭に語られる。抒情詩人が「主観的」芸術家だという伝統的見解は否定される。[32]「近代の美学者たちが抒情詩人の〈主観性〉などと言うのは、一つの思い込み（Einbildung）にすぎない」（GT 5, 44）。抒情詩人の「主体」は「根源的一者」との一体化のうちに融解する。「したがって、抒情詩人の〈私〉は存在の深淵から響いてくるのである」（同所）。それゆえ、創造的主体としての（ロマン派的）天才（Genie）が否定されていることになる。ポイエシスの「主体」の地位は、さしあたり「自然」ないし「根源的一者」に明け渡される。[33]

主体が自己のもとにあろうとし、主体が主体であろうとするなら、それは意識による他はない。エウリピデスの欠点ないし誤謬は、「美であるためには、すべて意識的でなければならぬ」という「美的ソクラテス主義」（GT 12, 87）にある。エウリピデスの主人公はあくまでも意識的に、論理に依存するために、観客の悲劇的同情を失う。

> 結論が出るごとに歓声を上げてこれを寿ぎ、冷たい明るさと意識の中でしか呼吸できないような弁証法の本質に、オプティミズム的要素があることは、誰が見誤り得よう。このオプティミズム的要素は、ひとたび悲劇に侵入してしまうと、次第にそのディオニュソス的領分の上にはびこり、必然的に悲劇を自滅へと追いやらずにはおかない。――その挙句悲劇は市民劇

32　たとえば1957年の時点でアドルノはこの図式がなお広く浸透している事実を確認している（„Rede über Lyrik und Gesellschaft“, in: *Noten zur Literatur* I, Frankfurt am Main: Suhrkamp（=BS 47））。ここでアドルノは、自律した主観なる観念に逃げ込もうとする発想に対し、抒情詩の言わばモナドロジーを展開して、社会との連関を論ずることを擁護している。「社会」と「根源的一者」では大きく隔たるものの、叙情的「主体」の、外部への関係を問題にする点で、両者は共通する。

33　第5章はこの形而上学的本質項についての絢爛たる言い換えに満ちている。Genius、「根源的一者」、「世界の心臓」、「存在の深淵」、「唯一存在し永遠の、事物の根底に根を下ろした自我」、「永遠の存在」、Weltgenius、「真に存在するただ一つの主観」、「芸術世界の本当の創造者」、「あの芸術芝居の唯一の創造者兼観客として、永遠の愉しみを享受するあの存在本質」…。わけても Genius の二義性は最大限に利用されている。これほどの多様な言い換えは、叙述の単調さを回避するための修辞的な措置でもあろうが、同時に、あくまでも形而上学的な枠組みに従って語ろうとする際のニーチェの苦慮をも示すものだと思われる。

> への死の跳躍へ至るのだ。(GT 14, 94)

悲劇は意識に満たされることによって悲劇的認識を失う。この意識と論理の立場がオプティミズムとして否定されなければならないのは、それが自らの全能を信じ込むという誤謬を犯しているからである。意識と論理によって、すべてが解明され、構成されるならば、いずれ調和的な秩序が成立するはずであり、苦痛や矛盾は排除されてしまうはずである。「ソクラテスという人物において初めて世に現れた一つの深遠な妄想的観念(Wahnvorstellung)、思惟は因果律という導きの糸を頼りに、存在の最も深い深淵にまで到達するという、あの不動の信念」(GT 15, 99)。

こうした一連の叙述においても、重要なのは意識ないし主体の(狭義の)批判、その単一な自同性(アイデンティティ)を問いに付すことであって、その背後に本能や意志、根源的一者という実体を「発見」することではない。根源的一者や自然に、ひとまずは主体の地位を明け渡すことで、個人の主体に不当に与えられた権限を剥奪してみせること —— この初期ニーチェの戦術において、しかし、幻影ないし仮象としての意識のもつ意味と役割はもちろん踏まえられている（これはすでに遠近法主義(パースペクティヴィスムス)である）のであって、意識は、そしてまたソクラテスやエウリピデスも、単純に否定されているわけではない。

> 観念はあらゆる力のうちでもっとも虚弱なものだ。それは行為主体（Agens）としては迷妄にすぎない。行動するのはただ意志だけなのだから。しかしながら個体はその観念を拠って立つ基盤にしている。たとえそれが意志の行為を助けるための迷妄であり、仮象にすぎないのだとしても。(1870/71, 5 [79] : KSA 7, 111)

のちのニーチェの諸作において、主体概念はより一般的な形でさらに激越で徹底的な批判にさらされるだろう。その際ショーペンハウアーの「意志」も解体されざるを得ない。意志の多数性が「仮設」され、唯一の意志なるものは一つの「簡略な表記法」にすぎないものと見なされる[34]。「意欲とは私には何よりもまず何か複合的なもの、言葉としてのみ単一なものと思われる」(『善悪の彼岸』19: KSA 5, 32)。「主体」は、道徳の要請に応え、かつそれに従属する。

繰り返せば、上に見たような初期のニーチェの叙述がなお形而上学の枠組みに従い、依存しているにしても、重要なのは意識および主体の批判であって、意志・本能・根源的一者・自然といった形而上学的背後世界を実体化することではない。(『悲劇の誕生』の中で、根源的一者が奇妙に主格(=主体)にならないことはすでに見た通りである。)したがって、さらに合理主義に対して非合理主義を称揚することではない。行為を「意識される観念」とは別のところから見ること、肝心なのはこの点にあり、これはまさしくのちに「系譜学」と名づけられることになる方法に他ならない。

3 生存の美的是認

「生存と世界とは美的現象(フェノメーン)としてのみ是認される」——すでに見たように、この「美的是認」のテーゼは『悲劇の誕生』の中で2回にわたって反復され、「自己批判の試み」の中でこの書物の一つの核心をなすものとして引用されている。すでに『悲劇の誕生』に対する疎外論的・ロマン主義的読解の検討を通じて見たように、この作品は目的論に還元され得ない。この「美的是認」のテーゼは、その目的論的な構えに対する決定的な拒否を含意している。それはまた「道徳」の拒否でもある。

ドイツ観念論の幸福主義的歴史哲学は、道徳的要請と密接に結びついている。その目的論は、世界を道徳的存在として肯定し得んがために案出されたものであった。世界の現実は、悪しきもの・苦痛・苦悩・誤謬に満ちている(ペシミズム)。あるがままの世界は、したがってそれ自体では決し

34 すでに『悲劇の誕生』第5節には次のような表現が見られる。「彼〔=抒情詩人〕の「主体」すなわち彼に実在的と思われる一定の事物に向けられた主観的な情熱と意志活動のひしめき合いの全体」(45)

て道徳的に肯定することはできない[35]。そこで希望は未来に置かれるべきである。人類は進歩している。たとえそれが直線的な歩みではないとしても、やがては道徳的な世界秩序が形成されるに違いない（オプティミズム）。信ずる根拠はないにしても、道徳的要請として、そう信じられなければならない。調和的な終末へのこのような歩みが想定されるならば、「現在」はその歩みの一歩として是認される[36]。ここからは、先に見たロマン派の「憧憬」へも、さほど隔たっていないことは言うまでもない。こうした歴史哲学においては、「現在」は来るべき調和的な終末への途上として、またそれゆえに不完全なものとして、二重に価値を制限され、切り下げられている。ニーチェは1885年～1886年の遺稿で次のように書いている。

> ドイツ哲学（ヘーゲル）の意義——悪、誤謬、苦悩が神性を駁する論拠であるとは看取されないような汎神論を考え出したこと、この壮大な発意は、あたかもそのときの支配者の合理性がそれで認可されるかのごとく、現存の権力（国家その他）によって悪用された。
>
> ショーペンハウアーはこれに反して頑固な道徳的人間として現れる。彼はついにはおのれの道徳的評価をあくまで正しいものとするために、世界否定者となる。ついには「神秘主義者」となる。（2 [106] : KSA 12, 113）

彼ら（カント、ヘーゲル、ショーペンハウアー）に共通しているのは、ペシミズム（矛盾の存在を認めること）と道徳的否定（世界否定）との結合である。カント、ヘーゲルが歴史の目的論ないし「批判」によって道徳の存立を確保し、強引にオプティミズムに持ち込み、もって肯定に向かうのに対して、ショーペンハウアーはペシミズムを貫徹して全き否定に至り着く。だ

35　KSA1, 295-296 参照。

36　以上のスケッチは、大筋において、カントの『世界市民的見地における一般史の理念』（1784）によっている。

がショーペンハウアーもオプティミズムを肯定の前提とする思想（つまり道徳的価値評価）を前提している限りでカント、ヘーゲルと変わらない。「ショーペンハウアーとともに、問題は価値の決定にあるという哲学者の課題がほのかにわかり始めたが、依然として幸福主義の支配下［……］。ペシミズムの理想」。(1885, 35 [44] : KSA 11, 531)。ニーチェはペシミズムを肯定と結びつけようとする。より正確に言うなら、苦悩の存在を認めつつ、「現在」に対する道徳的否定を拒否しようとする。[37]『悲劇の誕生』の示す「美的是認」はそのための「試み」であった。この否定の拒否、価値切り下げの拒否においてニーチェはショーペンハウアーの教えに背くのだが、ここでもなおさしあたっては「美的形而上学」に、したがってショーペンハウアー的な枠組みに依存している。すでに見たように、経験的現実の総体が虚構であると主張することによって、世界は芸術芝居（Kunstkomödie）と見なされるが、この主張は「真の創造者」としての根源的一者を想定すること、つまり世界をその作品と見ることによって、支えられている。しかし、繰り返しになるが、肝要なのは、背後世界の「真の創造者」への信仰ではない。

世界が芸術作品、美的現象と見なされるならば、一方で18世紀末以来の芸術の自律の観念がここで改めて関与してくる。『悲劇の誕生』にも引用されている『悲劇における合唱団の使用について』の冒頭を、シラーはこう書き出す。「文学作品は自分自身を正当化（rechtfertigen）しなければならない」。生存と世界とを美的現象と見る、とは、そのつどの現在の自律的な価値を主張することに他ならない。「是認」(Rechtfertigung）とは、正当化、意味あるいは価値の付与のことである。それゆえ、「美的是認」のテーゼは、あるがままの生存と世界に対するいかなる外的な根拠づけ（是認）も拒否すること、あらかじめ与えられるいかなる目的にも従属を拒否することを含意する。とりわけ道徳的な根拠づけ、道徳的目的への従属

37　ニーチェにとって、つまりこのことこそギリシャ悲劇の内実に他ならない。

に対する拒否を[38]。「自己批判の試み」の次の一節は、おそらくこの点に最も直接的にかかわっている。

> この芸術家形而上学の全体が、恣意的で、余計で、空想的だと言われようと——、そこで肝心なことは、この形而上学が、一つの精神、後日あらゆる危険を賭して、生存の道徳的な解釈と意義づけを敵に回して抵抗することになる一つの精神を、洩らしている（verräth）ことである。（GT「自己批判」5, 17）

ありのままの生存の主張、すべての外的な意味づけの拒否は、経験的現

38　道徳およびキリスト教に対する批判は、『悲劇の誕生』においてはまだあまり明示的な形を取らない。Silk & Stern 前掲書 : 121 によれば、第 12 章の末尾で、ディオニュソスがエウリピデスによって排除され、「しだいに全世界に広がっていく秘祭という神秘的な潮」の中に難を避けたと言われるとき、この秘祭とはキリスト教を指す。事実、第 19 章のオペラ批判では、パレストリーナの教会音楽を称揚しており、それどころか第 23 章では、ディオニュソスがドイツの宗教改革に結びつけられ、ルターの讃美歌において「最初のディオニュソスの誘いの声」が聞かれるという（147）。しかし他方で、第 9 章では、アーリア族（ギリシャ）のプロメテウス神話をセム族（ユダヤ＝キリスト教）の堕罪神話に対置して、「冒瀆」の尊厳について述べている。「アーリア的表象を特色づけるのは、能動的な罪〔＝冒瀆〕を真にプロメテウス的な徳と見なす崇高な思想である。同時にそれによって、人間的悪の是認という、厭世主義的悲劇の倫理的基盤もまた見出されたことになる。それはしかも人間的な罪の是認、罪によって引き起こされる苦悩の是認である。事物の本質にある不幸、［……］世界の心臓部に存在する矛盾は、アーリア人には相異なる世界のあいだの混乱として現れる。たとえば神の世界と人間の世界のあいだの混乱として。両世界のいずれも個体としては正しい。しかし両者が並存しているために、両者の個体化のために苦悩しなければならない」（GT 9, 69-70）。ユダヤ＝キリスト教ではあらかじめ罪を負う側は決定している（「受動的な罪」）。人間は徹底して神に従属すべきものである。しかしアイスキュロスのプロメテウスにあっては、人間と神のあいだの対等な闘争が見出される。プロメテウスの本性の「概念的な定式」として、ニーチェは次のように記す。「〈現存するものはすべて正当であり、正当でない。そして両者に同等の資格がある〉／これがお前の世界だ！これが世界なのだ！」（GT 9, 71）この定式は、「美的是認」に類縁でありながら、もはや芸術家としての神をも要請しない点で、それを乗り越える。こうして、『悲劇の誕生』自体、確かにキリスト教道徳の批判を射程に収めている。

実の虚構性の主張とともに、「生存の無意味」というニヒリズム的な主張に導くはずのものだが、『悲劇の誕生』は奇妙に「生存の無意味」を口にしない（この表現は『ギリシャの国家』（1872年末）には見出される（KSA 1, 765)。もっぱら、「シレノスの知恵」（GT 3, 35）に集約されるように、「生存に内在的な苦痛」について、負の意味について語るペシミズムが支配しており、意味の零度（ニヒリズム）は現れない。これは根源的一者の「根源的苦痛」を原理として置いてしまっていることの帰結である。道徳的「目的」からの解放は「苦痛」をいかに「是認」するか、という課題の形を取らざるを得ない。結局『悲劇の誕生』は、苦悩・矛盾を含めた世界の全体を、根源的一者の作品、芸術作品と見なすことで、「美的是認」を主張することになる。のちにニーチェは矛盾もまたわれわれが「解釈し入れた」(1885/86, 2［165］: KSA 12, 149）のだと言い、『悲劇の誕生』を回顧しつつ、そもそも是認など必要なかったのだ、と記すだろう（1883, 7［7］: KSA 10, 238)。

いま一度繰り返すが、いずれにせよここで肝心なのは、外的な意味、あらかじめ設定された目的、道徳といったものからの解放であり、「生成の無垢」(同所）の主張なのだ。

結論として —— 闘争（アゴーン）について

> 話す（パルレ）ことは（プレイするという意味で）闘うことであり、言語行為は闘技（アゴーン）的関係一般の領域に属している。（リオタール）[39]

さて、全てが虚構として資格上は同位置に置かれ、主体および意識の批判から意志の多数性が語られることになると、事態はどのようなものになるだろうか。しかもこうした主張自体が「仮説」であって、すべての虚構性の主張がこの主張自体にはね返るものなのだ。明らかに、ニーチェの言説の時間的な変化を、初期の、形而上学への全面的な依存から、のちの形

39 Lyotard: *La Condition postmoderne*, Paris: Les Éditions de Minuit, 1979, 23.

而上学批判を通じてより真なる立場へ、という物語として語ることはできない。注意すべきは、ニーチェのこのような自己啓蒙的な「発展」を語ることは、あの疎外論的な解放の物語や啓蒙主義的な終末＝目的としての真理の物語とまったく同型になるということだ。1889年に思想的道程の挫折と破局を見る見方も同じことである。問題は形而上学の幻影性が認識され、放棄されることで、何か別の真なる認識に到達するという具合に片付いてはいない。虚構性の認識はすべてを蔽うのであってみれば、何か別の堅固な大地におり立つということはあり得ない。晩年のニーチェは、こうした事態をしばしば舞踏のイメージによって語るだろう[40]。

いまや「批判」についての新たな視点が要求される。「真なる世界」の破棄、「美的是認」、歴史の目的論および起源論の批判、特権的な唯一の意志の否定といったことども――つまりは「神の死」――は、アゴナルな闘争の開始を、政治的な流動状態の開始を告げるものである。それはいかなる独裁をも拒否して自由な闘争を見出そうとする努力と言っていいかもしれない。闘争とは何も階級のあいだに限られたものではない、あるいはいたるところに無数の階級があるのだ。主体の意識自体が複数の意志の闘争の効果として捉えられることになる。意志の多数性の主張が、その帰結として諸意志のあいだの闘争的な関係を導く。このような事態をのちにニーチェは「力意志」なる語で語るだろう。またこうした闘争において、見られるべきはそのプロセスであって、何者かの究極的な勝利ではない。探求のテロスとしての「真理」、特権的な唯一の「真理」が他の「誤謬」や「迷妄」を排除していくといった啓蒙主義的な観点がもはや放棄されている以上、事態は虚構同士の、終末の予断なき闘争として捉えられる。批判はかつて真理の実現を、支配の奪取を目指すものだった。この闘争(アゴーン)のゲーム(Spiel)はしかし何らかの「詰み」をあらかじめ規定するいかなる規則にも従属しない。むしろ一手一手がそのつど新たな規則を形成していくような

40　『悲劇の誕生』では、「舞踏」はまだ修辞的な重要性を獲得してはいない。しかし第9章で「ギリシャのアポロ的部分、すなわち対話（ディアローク）」について、舞踏が引き合いに出されていることは注目される。(GT 9, 64)

ゲームになるだろう。ニーチェは新アッティカ喜劇について軽蔑的に「チェス・ゲームのような演劇ジャンル」(GT 11, 77) と呼んでいなかっただろうか。

ニーチェは「過度に正直な」レッシングの言葉を引く。「自分にとって重要なのは、真理そのものよりも、真理の探究のほうである」(GT 15, 99)。むしろ唯一のテロスとしてあらかじめ強制される「真理」は排されなければならない。よく知られているように、ニーチェは『ホメロスの競技』(1872) で「競争という最も高貴なギリシャの思想」(KSA 1, 792) について論じている。そこでは「陶片追放の本来の意味」について、次のように言われる。陶片追放は第一人者を排除する制度である。それが必要とされたのは、何者かが第一人者になると、「競争が途絶えてしまい、ギリシャ国家の永遠の生命の根拠が危殆に瀕することになるであろうからである」(788)。ギリシャの競争観念は「独裁制を忌み嫌い、その危険を恐れている。それは天才に対する防衛手段として —— もう一人の天才を切望する」(789)。

このように見るなら、真理＝幻影なるニヒリズム的な主張、つまりは「生存の無意味」の主張は、ペシミズムに彩られた「解放の終焉」(ロールモーザー) を表すものではなく、自由な闘争の前提としての解放を主張するものであり、したがってそれ自体言語的な闘争の戦略の一環、あるいは一撃として、位置づけられることになるだろう[41]。この視点からすれば、『悲劇の誕生』なる作品も、それが実践しているさまざまな (批判的) 闘争において見られるべきことは明らかだろう。「闘争」という語はこの書物の、またその周辺のニーチェのテクストの、いたるところに記されている

---

41 もっとも、すべてを虚構とする主張はまたあまりにも性急で寛大な肯定へと容易に転じうる。老衰した微笑に包まれた穏やかな肯定へと。本稿第3章第1節末で述べた「批判の死」は杞憂とは言えない。しかし、ここで述べようとしているような意味、戦端を開くための戦術として考えることもできるだろう。とは言え、安易な肯定への誘惑には強力なものがあり —— つまり単なる虚構性の主張は戦術的に拙い —— だからのちのニーチェはこのニヒリズムを「休息」にすぎないものと位置づけたのでもあるだろう。

にもかかわらず、奇妙に軽視されてきたように思われる[42]。批判ではなく闘争、あるいは闘争的な批判――闘争は、『悲劇の誕生』が歴史的対象を分析する際の原理であり、かつまた『悲劇の誕生』自体が言語的な闘争の実践なのである。この書物の多くの箇所で展開される観照的な形而上学的思弁にもかかわらず、あるいはむしろそのゆえに、『悲劇の誕生』は諸々の闘争に自らかかわっており、そのこと自体、このテクストの中であらかじめ語られていたことであった。

> Ach! Es ist der Zauber dieser Kämpfe, dass, wer sie schaut, sie auch kämpfen muss!
>
> （ああ！　闘争を観照する者は、またその闘争を闘いもせねばならない、それがこれらの闘争の魔力なのだ！）(GT 15, 102)

42　一例として、プロメテウス的な人間と神との闘争（注38）を見よ。

参考文献

Nietzsche, Friedrich. *Sämtliche Werke: Kritische Studienausgabe in 15 Bde.* Hrsg. G. Colli und M. Montinari. Berlin/New York, 1980.（KSA と略記）

— *Briefwechsel: Kritische Gesamtausgabe,* II-1. Hrsg. G. Colli und M. Montinari. Berlin/New York, 1977.（KGB と略記）

Adorno, Theodor W. *Noten zur Literatur* I. Frankfurt am Main: Suhrkamp, 1958.

Antoni, Carlo. *Lo Storicismo.* Torino: Edizioni Radio Italiana, 1957.（『歴史主義』新井慎一訳、創文社、1973 年）

Barrack, Charles M. "Nietzsche's Dionysus and Apollo: Gods in Transition." in: *Nietzsche Studien* Bd. 3, 1974.

Bruse, Klaus-Detlef. "Die griechische Tragödie als 'Gesamtkunstwerk'- Anmerkungen zu den musikästhetischen Reflexionen des frühen Nietzsche." in: *Nietzsche Studien* Bd. 13, 1984.

Colli, Giorgio. *Nach Nietzsche.* Übers. Reimar Klein. Frankfurt am Main: Europäische Verlagsanstalt, 1983.

Dahlhaus, Carl. *Die Idee der absoluten Musik.* Kassel, Basel, Tours, London, München: Bärenriter, 1978.

De Man, Paul. *Allegories of Reading: Figural Language in Rousseau, Nietzsche, Rilke and Proust.* New Haven and London, Yale University Press, 1979.

Eagleton, Terry. *Literary Theory: An Introduction.* Oxford: Basill Blackwell, 1983.（『文学とは何か――現代批評理論への招待』大橋洋一訳、岩波書店、1985 年）

Fink, Eugen. *Nietzsches Philosophie.* Stuttgart: Kohlhammer, 1960.（『ニーチェの哲学』吉澤傳三郎訳（ニーチェ全集、別巻）、理想社、1963 年）

Grlić, Danko. "L'antiesthéticisme de Friedrich Nietzsche." Traduit par Frano Gospodnetic, dans *Cahier de Royaumont: Philosophie;* 6, Paris: Les Editions de Minuit, 1967, 177-182.

Heidegger, Martin. *Nietzsche* in 2 Bde. Pfullingen: Neske, 1961.

Hoffmann, E. T. A. „Ludwig van Beethoven, 5. Sinfonie."（1810）in: *Schriften zur Musik.* Hrsg. F. Schnapp. München, 1963.

Iser, Wolfgang. *Der Akt des Lesens: Theorie ästhetischer Wirkung.* München: Fink, 1976.（『行為としての読書――美的作用の理論』轡田収訳、岩波書店、1982 年）

加藤尚武『ヘーゲル哲学の形成と原理――理念的なものと経験的なものの交差』未来社、1980 年。

Kant, Immanuel. *Kritik der Urteilskraft.* Werkausgabe Bd. X. Hrsg. von Wilheim Weischedel. Frankfurt am Main: Suhrkamp, 1977[2].

— *Schriften zur Anthropologie, Geschichtsphilosophie, Politik und Pädagogik* 1. Werkausgabe Bd. XI. Frankfurt am Main: Suhrkamp, 1977.

國安洋「西洋音楽（一）――近代の音楽美学」（『芸術の諸相』今道友信編（講座美学 4）、東京大学出版会、1984 年。

Kunne-Ibsch, Erlud. *Die Stellung Nietzsches in der Entwicklung der modernen Literaturwissenschaft.* Tübingen, 1972.

Lyotard, Jean-François. *La Condition postmoderne.* Paris: Les Éditions de Minuit, 1979.

三島憲一「初期ニーチェの学問批判について —— ニーチェと古典文献学」『ニーチェとその周辺』氷上英広編、朝日出版社、1972年、37-85頁。

Pütz, Peter. *Friedrich Nietzsche.* 2. Aufl. Stuttgart, 1975.

Rey, Jean-Michel.「ニーチェの系譜学」加藤精司訳（『シャトレ哲学史 IV 産業社会の哲学』花田圭介監訳、白水社、1976年〔原著 1973年〕)。

Rohrmoser, Günter. *Nietzsche und das Ende der Emanzipation.* Freiburg, 1971.（『ニーチェと解放の終焉』木戸三良訳、白水社、1979年）

Schiller, Friedrich. "Über den Gebrauch des Chors in der Tragödie." in: *Sämtliche Werke,* Bd. II. Hrsg. von Gerhard Fricke und Herbert G. Göpfert. München, 1981.

— "Über die ästhetische Erziehung des Menschen. in einer Reihe von Briefen (1795)". in: *Sämtliche Werke,* Bd. V. München, 1980.

Schmidt, Siegfried J. *Elemente einer Textpoetik: Theorie und Anwendung.* München: Bayerischer Schulbuchverlag, 1974.

Schopenhauer, Arthur. *Die Welt als Wille und Vorstellung* I. Frankfurt am Main, 1960.

Silk, M. S. & Stern, J. P. *Nietzsche on Tragedy.* Cambridge, London, New York, New Rochelle, Melbourne, Sydney: Cambridge University Press, 1981.

Soll, Ivan. „Marx, Nietzsche und die Kopernikanische Revolution Kants." in: *Karl Marx und Friedrich Nietzsche: Acht Beiträge.* Hrsg. R. Grimm und J. Hermand. Königstein: Athenäum-Verlag, 1978.

Walsh, W. H. *Philosophy of History: An Introduction.* New York: Harper & Row, 1960.

Wolff, Hans M. *Friedrich Nietzsche. Der Weg zum Nichts.* Bern: Francke, 1956.

あとがき

ディヴェルティメントdivertimentoとは、イタリア語で楽しみ、娯楽、気晴らし、趣味といった意味をもちます。また、音楽でディヴェルティメントと言えば、通常「嬉遊曲」と訳されますが、上記の目的に合致した音楽ということになるでしょう。最もよく知られているのは、モーツァルトのK. 136-138の3曲かと思います。音楽について言えばまた、「機会音楽」という概念があります。Gelegenheitsmusik。晩餐など特定の機会や行事のために書かれた音楽。バロック時代の祝典劇としてのオペラ、食卓音楽、あるいは軍隊行進曲、結婚行進曲、葬送音楽や、古典派時代のセレナーデやディヴェルティメントも通常ここに含まれます。

たとえば「フォークナー『納屋を焼く』について」はフォークナーがご専門の秋田明満先生のご退職に際して書かれ、また、トーマス・グレイ論は英詩を重要な研究対象になさっていた大日向幻先生の追悼記念に書かれました。つまり「機会音楽」なのです。

実はもうずいぶん以前から、自分が本を出すとすれば西洋クラッシック音楽の拍節論だと思っていました。そのための作業は続けていて、もちろん関連する稿も多々書いてきてはいる（というより近年はそちらにかかりきりで、ここに並べた諸論考の初出がおしなべて古いのはそのためです）のですが、まだ一向にまとまる気配がありません。ではまずそれ以外の書き物、文学・哲学に関する、日本語で書いた論考、それなりに粒が揃っているように思われる論考をいくつか選んで一度まとめてみようということで成立したのが本書です。

テクストを読むということは、言うまでもないことかもしれませんが、まったくもって受動的ならざる営みです。テクストの内部とその外部の観念や思考枠組みの構造、結び合い、歪みを感知すること。ここでテクストの外部と呼んだものには、同時代の諸言説、後代の読み手たちの言説、またそれを取り巻いていた時代の諸観念などが含まれます。深層を読むといった比喩はおそらく不適切で、テクストの表面に散りばめられた微小な痕跡を捉えること、そこから、書き手の思考の枠組みを捕まえ直すこと。別のテクストとの密かな結び合いを取り出すこと。ありふれた読みが切り縮め、つまらなく見えさせているものに別の光を当てること。読みを更新すること。そうしたことこそが「愉しみ」なのです。そしてまたもちろん、ここに提示した読みも、さらに更新されてゆくことを待っています。そういう意味で、本書がまたお読みくださる方の「愉しみ」にいささかなりともなってくれることを祈っています。

そもそも、今回一書を編むにあたって、以前自分が書いたものをまさに「読む」ことになって、ああ、まったく別に書いていたはずのこれとこれとは案外近い主題圏にあるのだな（同一人物が書いているので、ある意味では当たり前のことです）、合わせて膨らませたら、もう少しまともな論考になるよな、とか、ここで書いたことのこの部分に潜在している問題をもう少し掘り下げたら、もう少し面白い論考ができそうだな、などとは考えました。しかし今回、わずかな字句修正を除いて、そのままにしています。注や書誌の付け方にも不統一なところがありますが、個々の稿に関する情報としては足りているはずなので、その点もご容赦ください。

初出一覧

フォークナー「納屋を焼く」について
――サーティの葛藤再々考、あるいは「主体」になるサーティ
『商学論究』第 50 巻第 4 号、関西学院大学商学研究会、2003 年 3 月、原題は「フォークナー〈納屋を焼く〉について――サーティの葛藤再々考」

Obscure Memorial
――トーマス・グレイ「墓畔の哀歌」をめぐって
『商学論究』第 57 巻第 2 号、関西学院大学商学研究会、2009 年 9 月、原題は「Obscure Memorial―― Thomas Gray "An Elegy Written in a Country Churchyard" をめぐって」

物語の場所
――ペーター・ハントケ『ジュークボックスについての試み』について
『商学論究』第 46 巻第 4 号、関西学院大学商学研究会、1999 年 3 月

経験の言語と言語の経験
――ペーター・ハントケ『幸せではないが、もういい』をめぐって
『成蹊大学一般研究報告』第 25 号、1991 年 12 月、原題は「経験の言語と言語の経験――ペーター・ハントケ『もう望むこともないほどの不幸』論のための覚書」

カント『啓蒙とは何か』を読む
――分割と迂回
『詩・言語』第 34 号、東京大学文学部ドイツ文学研究室、1990 年 6 月、原題は「カント『啓蒙とは何か』への註――分割と迂回」

ニーチェ『悲劇の誕生』を読む
――虚構と闘争
『詩・言語』第29号、東京大学文学部ドイツ文学研究室、1986年12月、原題は「悲劇の誕生――あるいは虚構について」

著者略歴

阿部 卓也（あべ・たくや）

東京大学教養学科卒、東京大学大学院人文科学研究科独語独文学専修後期課程単位取得退学。1992 年より関西学院大学商学部専任講師、現在は同准教授。
訳書にノートン『クァルテットの教科書』（春秋社）、ハントケ『こどもの物語』（同学社）、同『ドン・フアン』（三修社）など。近年の主な研究テーマはクラッシック音楽の拍節論。

関西学院大学研究叢書 第 214 編

〈読み〉のディヴェルティメント
ハントケ、ニーチェ、カント、フォークナー、トーマス・グレイ

2020 年 3 月 25 日 初版第一刷発行

著　者　阿部 卓也

発行者　田村 和彦
発行所　関西学院大学出版会
所在地　〒 662-0891
　　　　兵庫県西宮市上ケ原一番町 1-155
電　話　0798-53-7002

印　刷　株式会社クイックス

Printed in Japan by Kwansei Gakuin University Press
ISBN 978-4-86283-303-7